अहल्या

हिन्द पॉकेट बुक्स से नरेन्द्र कोहली की अन्य पुस्तकें

- रामकथा (राम-कथा पर आधारित बृहद् उपन्यास)
- वसुदेव (वसुदेव-देवकी की संघर्ष-गाथा पर आधारित उपन्यास)
- पूत अनोखो जायो (स्वामी विवेकानंद के जीवन पर आधारित उपन्यास)
- प्रत्यावर्तन (स्वामी विवेकानंद की स्वदेश-वापसी पर आधारित उपन्यास)
- आत्मस्वीकृति (नरेन्द्र कोहली की रोमांचक आत्मकथा)
- आत्मदान (राज्यवर्धन के जीवन पर आधारित उपन्यास)
- प्रीति-कथा (रोमांटिक उपन्यास)
- नरेन्द्र कोहली की यादगारी कहानियाँ
- एक दिन मथुरा में तथा अन्य कहानियाँ
- हम सबका घर तथा अन्य कहानियाँ
- रोज़ सवेरे (कहानियाँ)
- इंद्रधनुष (कहानियाँ)
- हुए मरके हम जो रुसवा (व्यंग्य)
- गारे की दीवार (नाटक)
- मार्गदर्शक (नाटक)

अहल्या

नरेन्द्र कोहली

हिन्द पॉकेट बुक्स

एक पेंगुइन रैंडम हाउस कंपनी

हिन्द पॉकेट बुक्स

यूएसए । कनाडा । यूके। आयरलैंड। ऑस्ट्रेलिया
न्यूज़ीलैंड। भारत । दक्षिण अफ्रीका । चीन। सिंगापुर

हिन्द पॉकेट बुक्स, पेंगुइन रैंडम हाउस ग्रुप ऑफ कम्पनीज़ का हिस्सा है, जिसका पता www.hindpocketbooks.com पर मिलेगा

पेंगुइन रैंडम हाउस इंडिया प्रा. लि.,
चौथी मंजिल, कैपिटल टावर 1, एमजी रोड,
गुरुग्राम 122002, हरियाणा, भारत

हिन्द
पॉकेट
बुक्स

प्रथम हिन्दी संस्करण हिन्द पॉकेट बुक्स द्वारा 2019 में प्रकाशित

10 9 8 7 6 5 4 3 2 1

ISBN 9789353490294

मुद्रक : रेप्लिका प्रेस प्रा. लि., इंडिया

www.hindpocketbooks.com

FSC www.fsc.org MIX Paper from responsible sources FSC® C016779

This is a legitimate digitally printed version of the book and therefore might not have certain extra finishing on the cover.

अपने राम के नए स्वरूप के लिए

भूमिका

दूषित और दोषी का अंतर

पुरानी बात है, सन 1970 और 1975 के मध्य की। दिल्ली की एक श्रीमती शर्मा संध्या समय दिल्ली की एक बस में यात्रा कर रही थीं। संयोग कुछ ऐसा हुआ कि एक-एक कर सारी सवारियाँ उतर गईं और श्रीमती शर्मा उस बस में अकेली ही रह गईं। कंडक्टर और ड्राइवर ने बस में एक अकेली महिला को देखा तो उनका मन पापी हो गया। उन्होंने क्या करने का प्रयत्न किया, यह तो श्रीमती शर्मा ही जानती होंगी; किंतु उन्होंने अपने सम्मान की रक्षा के लिए चलती बस में से छलाँग लगा दी। सम्मान बच गया किंतु प्राण चले गए।

तब से मेरे मन में एक प्रश्न उभरा, जो आज तक वर्तमान है। क्या ऐसी परिस्थिति में किसी स्त्री के पास अपने प्राण देने के अतिरिक्त और कोई उपाय नहीं है? उसके साथ ही अनुलग्न दूसरा प्रश्न है कि ऐसी किसी दुर्भाग्यपूर्ण स्थिति के लिए क्या वह स्त्री दोषी है? अत्याचारी कोई और है; किंतु वह स्त्री और उसका समाज उसे ही दोषी मानता है। वह स्त्री दोषी कैसे है? स्वयं पीड़ित ही अपने विरुद्ध किए गए अपराध का अपराधी कैसे हो सकता है?

यदि किसी पुरुष को चार गुंडे घेर लें और उसका अंग-भंग कर दें तो क्या उसके लिए उसे ही दोषी माना जाएगा? उसके पश्चात् क्या उसे दूषित माना जाएगा? क्या समाज उसे नीची नज़र से देखेगा या उसका बहिष्कार कर देगा?

मेरा मन इन अनेक प्रश्नों में उलझा हुआ था कि मेरा सामना रामकथा में आई अहल्या की लघुकथा से हुआ। मेरे लिए बस से कूदने वाली उस अज्ञात श्रीमती शर्मा और ऋषि गौतम की पत्नी अहल्या में कोई अंतर नहीं था। उन दोनों की समस्या एक ही थी। अंतर इतना ही था कि अहल्या की कथा प्रख्यात कथा थी, वह रामकथा का एक अंग थी, उसे वाल्मीकि और तुलसी जैसे कवियों ने लिखा था; और श्रीमती शर्मा समाचारपत्रों की एक 'स्टोरी' से आगे नहीं बढ़ पाईं।

अहल्या की कथा का मंथन कर मैंने पाया कि यही प्रश्न तो वाल्मीकि और तुलसी के मन में भी थे। वहाँ सारे पात्र समाज के सम्मानित लोग हैं। अहल्या के पति गौतम ऋषि हैं और गुरुकुल के कुलपति हैं। अहल्या का पुत्र शतानंद सम्राट् सीरध्वज जनक का राजगुरु है। अपराध करने वाला भी देवराज इंद्र है। उसके पास सत्ता, धन और सेना ... सब-कुछ है। उसे पकड़कर दंडित करना इतना सहज नहीं है। सारा ऋषि-समाज देवराज इंद्र से लड़ नहीं सकता, तो उसने अपने लिए एक आसान मार्ग चुन लिया। अहल्या का बहिष्कार कर दिया गया। अनेक मान्यताओं में से एक मान्यता यह भी है कि गौतम ने उसे शाप दिया था और वह शिला बनी वन में पड़ी रही। गौतम ने एक शाप अहल्या को दिया और एक शाप इंद्र को दिया। इससे अधिक वे कुछ कर भी नहीं सकते थे। इंद्र को किसी और प्रकार का कोई दंड देना उनके लिए संभव भी नहीं था। एक बुद्धिजीवी अध्यापक, अपराधी शासक को दंडित करता

भी तो कैसे? किंतु गौतम द्वारा इन दोनों को दिए गए शाप को मेरा मन इसलिए स्वीकार नहीं करता, क्योंकि यदि इंद्र को शाप देने की क्षमता ऋषि में थी, तो वे उसे अपने शाप से भस्म कर देते। उसके शरीर को विकृत करने का शाप कोई दंड नहीं था। स्पष्ट है कि गौतम और अहल्या का पुत्र अपनी माँ का पक्ष लेकर इंद्र अथवा समाज को कोई दंड नहीं दे सकता था। जनक भी अपने राजगुरु की माँ के विरुद्ध किए गए इस अपराध के लिए इंद्र को दंडित करने में असमर्थ थे। अहल्या को दिए गए शाप को वाल्मीकि भी नहीं मानते। उनकी रचना में अहल्या शिला नहीं बनी है, वह अपने समाज के इस व्यवहार से शिला-वत् हो गई है।

इसका अर्थ है कि सारे ऋषि-समाज ने अहल्या को दोषी मान लिया था, जबकि वे उसे दूषित मानने में एकमत नहीं थे। तो समाज ने आसान मार्ग चुना और अहल्या का बहिष्कार कर दिया। वे उसे आश्रम से निकाल नहीं सकते थे, क्योंकि वह दोषी नहीं थी, इसलिए स्वयं ही उस आश्रम को छोड़कर चले गए। अहल्या अपने प्रति समाज का व्यवहार देखते हुए पथरा गई। अहल्या दोषी थी अथवा दूषित? इसमें वह समाज एकमत नहीं था; किंतु इसमें तो कोई मतभेद नहीं था कि इंद्र तो दोषी था ही। समाज का व्यवहार विचित्र था, अहल्या दूषित न भी हो, तो भी उन्होंने उसे दोषी कैसे मान लिया?

इस घटना में एक और बात मेरा ध्यान खींचती है। गौतम ने अहल्या का त्याग तो कर दिया किंतु मन ही मन वे उसे दोषी मानने को सहमत नहीं थे, तभी तो राम की इच्छा के अनुसार उन्होंने उसे अंगीकार किया। अहल्या का त्याग हुआ किंतु वे भी गौतम को दोषी नहीं मानती थीं, इसीलिए तो वे पुन: गौतम के पास जाने को तैयार हो गईं।

तुलसीदास तक आते-आते मान्यताएँ कुछ बदल गई थीं। कहना चाहिए कि मान्यताएँ अधिक रूढ़ हो गई थीं। वहाँ गौतम

ने अहल्या और इंद्र दोनों को शाप दिया और अहल्या वास्तव में शिला हो गईं। वाल्मीकीय रामायण में अहल्या का केवल त्याग या बहिष्कार ही था। किंतु तुलसी के रामचरितमानस में उन्हें दंडित किया गया था और वे शिला हो गई थीं। इसका अर्थ यह है कि वे अहल्या को वस्तुत: दोषी और दूषित दोनों ही मान रहे थे। किंतु वे साथ ही यह भी कहते हैं कि उस सारे काल में अहल्या तपस्या करती रहीं और उस तपस्या से उनका कलुष धुल गया और वे पवित्र हो गईं। इतनी पवित्र कि स्वयं राम को, विष्णु के अवतार राम को, उनके पास आना पड़ा और उन्हें शाप से मुक्त कर पुन: मानवी बनाना पड़ा।

रामायण में इस कथा में न शाप है, न अवतार। एक अकेली निर्दोष नारी है और समाज के द्वारा उसका परित्याग है। कोई उससे किसी प्रकार का भी संपर्क रखना नहीं चाहता। चाहता नहीं या समाज के भय से साहस नहीं करता। अहल्या का पक्ष लेने का एक अर्थ यह भी था कि वह इंद्र का विरोध कर रहा है। इतना साहस इंद्र को देवराज मानने वाले किसी ऋषि में नहीं हो सकता। कोई अहल्या के कुटीर में नहीं जाता; कोई उनका आतिथ्य ग्रहण नहीं करता। क्यों? समाज के भय से अथवा समाज की रूढ़ियों के भय से।

रामायण में राम भी अवतार नहीं हैं। वे आदर्श पुरुष हैं। मर्यादा पुरुषोत्तम हैं। साहसी राजकुमार हैं। वे समाज की कुरीतियों अथवा रूढ़ियों से भयभीत नहीं हैं। वे देवराज इंद्र का भी भय नहीं मानते। इसलिए वे विश्वामित्र से सारी कथा सुनकर इस निष्कर्ष पर पहुँचते हैं कि अहल्या दोषी नहीं हैं। समाज का व्यवहार अनुचित है और उसकी धारणाएँ मिथ्या हैं। वे मानते हैं कि अहल्या न दूषित हैं, न दोषी। दूषित हैं भी तो दोषी नहीं हैं। इसलिए वे रूढ़ियों में जीने वाले समाज की उपेक्षा कर अपने भाई और ऋषि विश्वामित्र के साथ

अहल्या के कुटीर में आते हैं और उनके चरण छूते हैं। यहाँ एक साहसी राजकुमार ऋषि-पत्नी के चरण स्पर्श कर रहा है। वे अहल्या का आतिथ्य भी स्वीकार करते हैं। साथ ही यह भी कहते हैं कि वे उन्हें ऋषि गौतम से मिलाकर ही जाएँगे। गौतम और अहल्या दोनों को ही इसमें कोई आपत्ति नहीं है। वे दोनों एक-दूसरे को स्वीकार करते हैं। राम को न समाज की रूढ़ियों का भय है, न देवराज इंद्र का। रामचरितमानस में स्थिति थोड़ी भिन्न है। राम अवतार हैं और अहल्या पापिनी। इसलिए शाप से शिला हो गई अहल्या का उद्धार करने के लिए राम को आना पड़ता है। वे अपने चरण से छूकर अहल्या को शाप से मुक्त कर देते हैं।

मेरा ध्यान इस बात पर टिकता है कि स्थिति कोई भी हो, आना तो राम को ही पड़ता है। वे आदर्श पुरुष हों या अवतार, आना उन्हीं को पड़ता है। वे अहल्या के चरण छुएँ या अपने चरण से अहल्या को छुएँ, आना उन्हीं को पड़ता है। अहल्या दूषित थी या नहीं थी, राम उसे दोषी नहीं मानते, इसलिए स्वयं अहल्या की कुटिया में आकर उन्हें सामाजिक सम्मान प्रदान करते हैं। इसका अर्थ है कि वाल्मीकि हों या तुलसीदास, दोनों ही मानते हैं कि ऋषि-समाज का व्य़वहार न्यायसंगत नहीं था। ऐसी परिस्थितियों में समाज को भी राम के ही समान ऐसी अभागी स्त्रियों को पवित्र मानकर उनका उद्धार करना चाहिए – उनके चरण छूकर करे या उनको चरण छुआकर करे। क्योंकि वह अपराधी नहीं है, वह व्यभिचारिणी नहीं है। वह केवल असुरक्षित है, जिसको सुरक्षा प्रदान करना समाज का दायित्व है।

नरेन्द्र कोहली

31 अक्तूबर 2018

1

ऋषि विश्वामित्र ने एक उचटती-सी दृष्टि अपने साथ चलते राम और लक्ष्मण पर डाली।

वे लोग काफी समय से चल रहे थे किंतु दोनों भाई मौन थे। जाने क्या सोच रहे थे। वे नहीं जानते थे कि गुरु उन्हें कहाँ ले जा रहे हैं। वे गुरु के आदेश पर चल रहे थे। वे प्रश्न नहीं करते थे। इस समय वे पूर्णत: गुरु की इच्छा और आज्ञा को समर्पित थे ...

विश्वामित्र का मन अपने आसन्न अतीत को खँगाल रहा था। न चाहते हुए भी वह कुछ दिन पहले अपने आश्रम में हुई घटना की ओर मुड़ गया था। ...

राक्षसों के आक्रमण में नक्षत्र की मृत्यु हो गई थी और सुकंठ घायल हो गया था। इस समय चिकित्सा-कुटीर में चिकित्साचार्य की देखरेख में उसका उपचार हो रहा था। सुकंठ को देखने के लिए वे चिकित्सा-कुटीर में गए थे। ...

विश्वामित्र भीतर प्रविष्ट हुए।

चिकित्साचार्य ने अपनी शिष्य-मंडली को एक ओर कर, आश्रम के कुलपति के लिए मार्ग बना दिया। विश्वामित्र सुकंठ की शैया से लगकर खड़े हो गए। सुकंठ का चेहरा और शरीर तरह-तरह की पट्टियों से बँधा हुआ था, किंतु उसकी आँखें खुली हुई थीं और वह पूरी तरह से चैतन्य था। गुरु को देखकर उसने उनके सम्मान में अपनी शैया से उठने का प्रयत्न किया।

विश्वामित्र ने उसके कंधे पर अपना हाथ रख तनिक-से दबाव के साथ उसे लेटे रहने का संकेत किया।

"मुझे बताओ, वत्स! यह सब कैसे हुआ?"

सुकंठ की भोली आँखों में एक त्रास का काला मेघ तैर गया और उसका चेहरा अपना स्वाभाविक रंग छोड़, कुछ पीला हो गया; जैसे वह चिकित्सालय से उठाकर फिर से उन्हीं त्रासद क्षणों में पटक दिया गया हो।

विश्वामित्र उसकी ओर कुछ और अधिक झुक गए। उनका स्वर बहुत ही कोमल हो आया था, "बताने में विशेष कष्ट हो तो अभी रहने दो, वत्स!"

सुकंठ के चेहरे पर क्षणभर के लिए एक पीड़ित मुसकान झलकी, "नहीं, गुरुदेव! जो देखा है, उससे अधिक कष्ट बताने में नहीं है।" उसने एक निःश्वास छोड़ा, "मैं और नक्षत्र उधर से जा रहे थे। हमने दो राक्षसों को वहाँ बैठे देखा। वे लोग डील-डौल में हमसे बहुत बड़े थे और शारीरिक शक्ति में हमसे बहुत अधिक थे। उनके वस्त्र भड़कीले, मूल्यवान और भद्दे थे। शरीर पर विभिन्न प्रकार के मणि-माणिक्य एवं स्वर्ण-आभूषण इस विपुलता से पहने हुए थे कि वे आभूषण न लगकर कबाड़ का आभास दे रहे थे। आश्रम के भीतर हमें उनका यह भद्दा व्यक्तित्व अत्यंत आपत्तिजनक लग रहा था। पर शायद हम उनसे कुछ भी न कहते; क्योंकि मेरा ही नहीं, अनेक आश्रमवासियों का यह अनुभव है कि इन राक्षसों से कोई अच्छी बात भी की जाए या उनके सार्वजनिक दूषित व्यवहार के लिए टोका भी जाए, तो वे लोग तनिक भी लज्जित नहीं होते, उलटे झगड़ा करने लगते हैं। उनके पास शारीरिक शक्ति है, धन-बल है, शस्त्र-बल है; और फिर शासन उनका विरोध नहीं करता। इन राक्षसों का विरोध कर हम कभी भी जीत नहीं पाते। इसलिए उनके अनुचित व्यवहार को देखते हुए भी आश्रमवासी सामान्यत: अपनी आँखें मूँद लेते हैं ..."

ऋषि के मन में कसक उठी थी : क्या वह बालक उन्हें उपालंभ दे रहा था ... क्या वे राक्षसों की ओर से आँखें मूँदे बैठे थे ...

सुकंठ कह रहा था, "हम शायद उन्हें कुछ भी न कहते, किंतु तभी उधर से आर्या अनुगता गुजरीं। और तभी हमें ज्ञात हुआ कि वे दोनों राक्षस मदिरा पीकर धुत्त थे। उन्होंने आर्या को पकड़ लिया और अनेक अशिष्ट बातें कहीं। तब हमारे लिए उनकी उपेक्षा करना संभव नहीं रहा। सोच-विचार का समय नहीं था आर्य। और सत्य तो यह है कि हम दोनों अपनी इच्छा से, सोच-विचारकर अपनी वीरता दिखाने नहीं गए थे। वह तो उस क्षण की माँग थी। यदि हम सोचते रह जाते तो या तो वे राक्षस आर्या अनुगता को मार डालते या फिर उनका अपहरण कर उन्हें उठा ले जाते। हमने उन्हें ललकारा। उन दोनों ने खड्ग निकाल लिए। हम निःशस्त्र थे। परिणाम आपके सामने है।"

सुकंठ की वाणी रुद्ध गई थी, "मैंने संज्ञाशून्य होने से पूर्व उन्हें नक्षत्र के जीवित शरीर को अपने नखों और दाँतों से उसी प्रकार नोचते हुए देखा था, जैसे गिद्ध किसी लोथ को नोचते हैं। वे लोग शायद मेरे साथ भी वही व्यवहार करते, किंतु उससे पहले ही आश्रमवासियों की भीड़ एकत्रित हो गई थी।"

सुकंठ ने अपनी आँखें भींच लीं और उसके गालों पर से बहते हुए अश्रु कानों की ओर मुड़ गए।

"तुमने बहुत कष्ट सहा है, वत्स!" विश्वामित्र बोले, "अब शांत हो जाओ। लगता है कि यह मेरी ही उद्यमहीनता का फल है। मैं दूसरों को दोष देता शांत बैठा रहा; पर अब मुझे कुछ-न-कुछ करना ही होगा, नहीं तो यह सिद्धाश्रम श्मशान बन जाएगा।"

उन्होंने सुकंठ के सिर पर हाथ फेरा। उन्हें शब्द नहीं सूझ रहे थे; कैसे वे अपने मन की पीड़ा सुकंठ तक पहुँचाएँ। क्या उसके केशों पर फिरता उनका यह हाथ शब्दों से कुछ अधिक कह पाएगा? ...

वे द्वार की ओर बढ़ चले।

2

चिकित्सा-कुटीर से बाहर निकलते हुए विश्वामित्र के चेहरे पर निर्णय की दृढ़ता थी। यह निर्णय कितनी बार उभर-उभरकर उनके मस्तिष्क की ऊपरी तहों पर आया था, उन्होंने हर बार उसे स्थगित कर दिया था। किंतु अब और शिथिलता नहीं दिखानी होगी ...

चेहरे के साथ उनके पगों में भी दृढ़ता आ गई थी। उनके पग निश्चित आयाम के साथ अपनी कुटिया की ओर बढ़ रहे थे। उनमें द्वंद्व नहीं था, अनिर्णय नहीं था, गंतव्यहीनता नहीं थी।

पर अपनी कुटिया में आकर, अपने आसन पर बैठते ही उनके भीतर का चिंतन जागरूक हो उठा। कर्मण्य विश्वामित्र फिर कहीं सो गया और चिंतक विश्वामित्र चेतावनी देने लगा, 'ठीक से सोच ले, विश्वामित्र! यह न हो कि गलत निर्णय के कारण अपमानित होना पड़े। सोच, सोच, अच्छी तरह सोच ...'

विश्वामित्र के मन में कर्म का आवेश, फेन के समान बैठ गया। शीघ्रता विश्वामित्र के लिए नहीं है। वे जो कुछ करेंगे, सोच-समझकर करेंगे। एक बार कार्य आरंभ कर पीछे नहीं हटना है। अतः काम ऊपर से आरंभ करने के स्थान पर नीचे से ही आरंभ करना चाहिए। जब सूई से ही कार्य हो सकता है, तो खड्ग का उपयोग क्यों किया जाए? स्थानीय शक्तियों से ही कार्य हो जाए, तो क्या आवश्यकता है कि वे सम्राटों के पास जाएँ ...

"पुनर्वसु!"

"गुरुदेव!"

"पुत्र, मुनि आजानुबाहु को बुला लाओ। कहना, आवश्यक कार्य है।" पुनर्वसु चला गया और विश्वामित्र अत्यंत उद्विग्नता से मुनि आजानुबाहु की प्रतीक्षा करते रहे ... विश्वामित्र का मन कभी-कभी ही ऐसा उद्विग्न हुआ था ...

मुनि ने आने में अधिक देर नहीं लगाई।

"आर्य कुलपति!"

"मुनि आजानुबाहु!" विश्वामित्र ने कोमल आकृति वाले उस अधेड़ तपस्वी की ओर देखा, "आपके व्यवस्था-कौशल, आपके परिश्रमी स्वभाव तथा आपके मधुर व्यवहार को दृष्टि में रखते हुए एक अत्यंत गंभीर कार्य आपको सौंप रहा हूँ।"

"कुलपति, आज्ञा करें।" मुनि ने सिर तनिक झुकाते हुए कहा।

"जो कुछ आश्रम में घटित हुआ, उसे आपने देखा है। आश्रम के तपस्वियों के लिए राक्षसों से लड़ना संभव नहीं है। न तो उनके पास शस्त्र-बल है और न मनोबल। इसलिए हमें सहायता की आवश्यकता है। आप कुछ शिष्यों को साथ लेकर आश्रम से लगते हुए सभी ग्रामों में घूम जाएँ। ग्राम चाहे कृषकों के हों, निषादों के हों, शबरों के हों अथवा भीलों के हों। सभी ग्राम-प्रमुखों को इस घटना की सूचना दें। उनसे कहें कि वे लोग आश्रमवासियों की सुरक्षा का प्रबंध करें और ..." विश्वामित्र का स्वर कुछ आवेशमय हो उठा, "और यदि वे लोग कुछ आनाकानी करें, तो किसी राज्य-व्यवस्था का अवलंब लेना पड़ेगा। मलद और करूश के राजवंशों का नाश हो जाने के कारण यह क्षेत्र राजविहीन हो गया है। किंतु मुनिवर! यदि आवश्यकता पड़े, तो कुछ आगे बढ़ सम्राट् दशरथ की सीमा-चौकी पर नियुक्त राज-प्रतिनिधि सेनानायक बहुलाश्व के पास जाकर निवेदन करें। उसे सारी स्थिति समझाएँ और उससे कहें कि वह अपराधियों को पकड़कर दंडित करे। यह ठीक है कि यह क्षेत्र

उसकी सीमा में नहीं है, किंतु सीमांत की भूमि शत्रु के लिए इस प्रकार असुरक्षित नहीं छोड़ देनी चाहिए। सीमांत पर होने वाली ऐसी घटनाओं का दमन उसका कर्तव्य है, नहीं तो ये ही घटनाएँ उसकी सीमा के भीतर भी होने लगेंगी।"

मुनि ने एक बार पूरी दृष्टि से आँखें खोलकर विश्वामित्र को देखा और सिर झुका लिया, "आपकी आज्ञा का अक्षरशः पालन होगा।" प्रणाम कर वे जाने के लिए मुड़ गए।

आजानुबाहु चले गए, किंतु विश्वामित्र उनकी आँखों का भाव नहीं भूल पाए। सदा यही होता है; हर बार यही होता है। आजानुबाहु की आँखें उन्हें उपालंभ देती हैं, जैसे कहती हों, 'विश्वामित्र! तुम बातों के ही धनी हो। कर्म तुम्हारे वश का नहीं है।'

ऋषि विश्वामित्र का अत्यंत संयमी मन दिन-भर किसी काम में नहीं लगा। जैसे ही ध्यान किसी ओर लगाते, उनकी आँखों के सम्मुख नक्षत्र और सुकंठ के चेहरे फिरने लगते। और नक्षत्र का वह विकृत रूप, जगह-जगह से उधड़ा हुआ मांस, टूटी हुई मांसपेशियाँ, लाल मांस में से झाँकती हुई सफेद हड्डियाँ, क्या करें विश्वामित्र? कैसे उन चेहरों से पीछा छुड़ाएँ?

फिर उनका ध्यान मुनि आजानुबाहु की ओर चला गया। उन्हें भेजा है, ग्राम-प्रमुखों के पास और सेनानायक बहुलाश्व के पास भी। देखें, क्या उत्तर लाते हैं। क्या उत्तर हो सकता है? मुनि आजानुबाहु सदा अपना कार्य पूरा करके आते हैं और फिर उनकी आँखों में वही भाव होता है, 'मैं तो कर आया, विश्वामित्र! देखना है, तुम क्या करते हो।' ओह! उन आँखों का अविश्वास ... पर विश्वामित्र स्वयं अपने ऊपर चकित थे। क्या हो गया है उन्हें! उन्होंने अपनी युवावस्था में अनेक युद्ध लड़े हैं, सेनाओं का संचालन किया है। फिर राक्षसों के आक्रमण की भी यह कोई पहली घटना नहीं है ... इतने

विचलित तो वे कभी नहीं हुए। वे अत्यंत संयम और आत्म-नियंत्रण से अपना दैनिक कार्य करते रहे हैं, किंतु आज ... क्या उनके सहने की भी सीमा आ गई है? ...

3

संध्या ढलने को थी, अंधकार होने में थोड़ा ही समय शेष था, जब मुनि आजानुबाहु ने उपस्थित हो, झुककर कुलपति को प्रणाम किया।

"आसन ग्रहण करें, मुनिवर!"

मुनि अत्यंत उदासीन भाव से बैठ गए। उनके मुख पर उल्लास की कोई भी किरण नहीं थी। शरीर के अंग-संचालन में चपलता सर्वथा अनुपस्थित थी। विश्वामित्र की आँखें मुनि का निरीक्षण कर रही थीं, "क्या समाचार लाए हैं, मुनि? ..."

"आपकी आज्ञा के अनुसार मैं सिद्धाश्रम के साथ लगते हुए दसों ग्रामों के ग्राम-प्रमुखों के पास हो आया हूँ।"

"आपने उन्हें इस दुर्घटना की सूचना दी?"

"हाँ, आर्य कुलपति!"

"उन्होंने क्या उत्तर दिया?"

"प्रभु! वे उत्तर नहीं देते।" मुनि बहुत उदास थे, "मौन होकर सब-कुछ सुन लेते हैं और दीर्घ निःश्वास छोड़कर शून्य में घूरने लगते हैं। उन्हें जब यह ज्ञात होता है कि यह राक्षसों का कृत्य है; और राक्षस ताड़का के सैनिक शिविर से संबद्ध हैं, तो वे उनके विरुद्ध कुछ करने के स्थान पर उलटे भयभीत हो जाते हैं।"

"जन-सामान्य का भीरु हो जाना अत्यंत शोचनीय है, मुनिवर!" विश्वामित्र का स्वर चिंतायुक्त था।

"हाँ, आर्य कुलपति!" मुनि आजानुबाहु बोले, "यदि ऐसा न होता तो इन राक्षसों का इतना साहस ही न होता। ऋषिवर! हमारे आश्रम-निवासियों में अभी भी थोड़ा-सा आत्मबल और तेज है,

अतः आश्रम के भीतर हमें उतना अनुभव नहीं होता, अन्यथा आश्रम के बाहर तो स्थिति यह है कि सैकड़ों लोगों की उपस्थिति में राक्षस तथा उनके अनुयायी व्यक्ति का धन छीन लेते हैं, उसे पीट देते हैं, उसकी हत्या कर देते हैं। जनाकीर्ण हाट-बाजार में महिलाओं को परेशान किया जाता है, उन्हें अपमानित किया जाता है, उनका हरण किया जाता है और जनसमुदाय खड़ा देखता रहता है। जनसमुदाय अब मानो नैतिक-सामाजिक भावनाओं से शून्य, हतवीर्य तथा कायर, जड़ पदार्थ है। जिसके सिर पर पड़ती है, वह स्वयं भुगत लेता है। शेष प्रत्येक व्यक्ति इन घटनाओं से उदासीन, स्वयं को बचाता-सा निकल जाता है। इससे अधिक शोचनीय स्थिति और क्या होगी, आर्य कुलपति!"

जाने क्यों विश्वामित्र को मुनि का प्रत्येक वाक्य अपने लिए ही उच्चरित होता लगता था। क्या आजानुबाहु जान-बूझकर ऐसे वाक्यों का प्रयोग कर रहे हैं, या विश्वामित्र का अपना मन ही उन्हें धिक्कार रहा है ... पर धिक्कार से क्या होगा, अब कर्म का समय है।

विश्वामित्र अपने चिंतन को नियंत्रित करते हुए बोले, "न्याय-पक्ष दुर्बल और भीरु तथा अन्याय-पक्ष दुस्साहसी एवं शक्तिशाली हो गया है। यह स्थिति अत्यंत अहितकर है। ... आप शासन-प्रतिनिधि सेनानायक बहुलाश्व के पास भी गए थे?"

"आर्य! गया था।" मुनि का स्वर और अधिक शुष्क और उदासीन हो गया।

"उससे क्या बातचीत हुई? उसने अपराधियों को बंदी करने के लिए सैनिक भेजे?"

"उससे बातचीत तो बहुत हुई।" मुनि ने उत्तर दिया। उनके स्वर में फिर वही भाव था। विश्वामित्र साफ-साफ सुन पा रहे थे। आजानुबाहु ने कुलपति की आज्ञा का पालन अवश्य किया था, किंतु उन्हें इन कार्यों की सार्थकता पर विश्वास नहीं था।

"किंतु उसने अपने सैनिकों को कोई आदेश नहीं दिया। कदाचित् वह कोई आदेश देगा भी नहीं।"

"क्यों?" विश्वामित्र की भृकुटी वक्र हो उठी।

"सेनानायक बहुलाश्व को आज बहुत-से उपहार प्राप्त हुए हैं, आर्य कुलपति! उसे एक बहुमूल्य रथ मिला है। उसकी पत्नी को शुद्ध स्वर्ण के आभूषण मिले हैं। मदिरा का एक दीर्घाकार भांड मिला है; और कहते हैं कि एक अत्यंत सुंदरी दासी भी दिए जाने का वचन है।"

"ये उपहार किसने दिए हैं, मुनिवर?"

"राक्षस-शिविर ने, आर्य! राक्षस बिना युद्ध किए भी विपक्षी सैनिकों को पूर्णतः पराजित कर देते हैं।"

विश्वामित्र के मन में सीमातीत क्षोभ हिल्लोलित हो उठा। शांतिपूर्वक बैठे रहना असंभव हो गया। वे उठ खड़े हुए और अत्यंत व्याकुलता की स्थिति में, अपनी कुटिया में एक कोने से दूसरे कोने तक टहलने लगे। मुनि आजानुबाहु ने उन्हें ऐसी क्षुब्धावस्था में कभी नहीं देखा था ...

विश्वामित्र जैसे वाचिक चिंतन करते हुए बोले, "इसका अर्थ यह हुआ कि शासन, शासन-प्रतिनिधि, सेनाएँ सबके होते हुए भी, जो कोई चाहे, मनमाना अपराध कर ले और उसके प्रतिकार के लिए शासन-प्रतिनिधि के पास उपहार भेज दे। उसके अपराध का परिमार्जन हो जाएगा। यह कैसा मानव-समाज है? हम किन परिस्थितियों में जी रहे हैं! यह कैसा शासन है? यह तो सभ्यता-संस्कृति से दूर, हिंस्र पशुओं से भरे किसी गहन विपिन में जीना है ..."

"इतना ही नहीं, आर्य कुलपति!" मुनि के स्वर में व्यंग्य से अधिक पीड़ा थी, "मैंने तो सुना है कि अनेक बार ये राक्षस तथा उनके मित्र शासन-प्रतिनिधि को पहले से ही सूचित कर देते हैं कि वे लोग किसी विशिष्ट समय पर, विशिष्ट स्थान पर, कोई अत्याचार

करने जा रहे हैं। शासन-प्रतिनिधि को चाहिए कि वह उस समय अपने सैनिकों को उधर जाने से रोक ले; और शासन-प्रतिनिधि वही करता है ... इस कृपा के लिए शासन-प्रतिनिधि को पूर्ण पुरस्कार दिया जाता है ..."

"असहनीय! पूर्णतः अमानवीय! राक्षसी ... राक्षसी ..." विश्वामित्र विक्षिप्त-से इधर से उधर चक्कर लगा रहे थे।

"आपने सेनानायक को बताया था कि आप सिद्धाश्रम से आए हैं और आपको मैंने भेजा है?" सहसा विश्वामित्र ने रुककर पूछा।

"हाँ, आर्य!" मुनि ने कहा।

"उसका कोई प्रभाव नहीं हुआ?"

मुनि के मुखमंडल पर फिर व्यंग्य आ बैठा, "आप सब-कुछ जानते हुए भी पूछते हैं, ऋषिवर! राक्षसों ने कभी भी आश्रमों तथा ऋषियों को सम्मान की दृष्टि से नहीं देखा। उनकी ही देखा-देखी अनेक आर्यों ने भी ऋषियों को उपहास की, तुच्छ एवं नगण्य वस्तु मान लिया है। सेनानायक बहुलाश्व ने मुझे ऐसा ही सम्मान दिया। ... हम उनके लिए क्या हैं? निरीह, कोमल जीव, जो उन्हें डंक नहीं मार सकते; और वे जब चाहें, हमें मसल सकते हैं।"

विश्वामित्र का ध्यान मुनि के व्यंग्यात्मक स्वर की ओर नहीं गया। उनका क्रोध बढ़ता जा रहा था। लगता था, वे किसी भी क्षण फट पड़ेंगे। उन्होंने स्वयं को किसी प्रकार नियंत्रित किया। बोले, "अच्छा, मुनिवर! आप विश्राम करें, मैं कोई-न-कोई व्यवस्था करूँगा। यह क्रम बहुत दिन नहीं चलेगा।"

4

मुनि आजानुबाहु उठे नहीं, वैसे ही बैठे-बैठे तनिक-सा सिर झुकाकर बोले, "यदि अनुमति हो तो एक और सूचना देना चाहता हूँ। घटना तनिक विस्तार से बताने की है।"

विश्वामित्र का क्रोध बार-बार उन्हें खींचकर किसी और लोक में ले जाता था, और वे बार-बार स्वयं को घसीटकर सिद्धाश्रम में ला रहे थे। कैसा समय है कि जिन विश्वामित्र के सम्मुख आर्य सम्राट् सिर झुकाते थे, आज एक तुच्छ सेनानायक उनकी उपेक्षा कर रहा था; केवल इसलिए कि उन्होंने अपनी इच्छा से राजसिक सत्ता, सैन्य बल, अस्त्र-शस्त्र तथा भोग की भौतिक सामग्रियों का त्याग कर समाज के कल्याण के लिए तपस्या का यह कठिन मार्ग स्वीकार किया था। जिन गुणों के लिए उनकी पूजा होनी चाहिए थी, उन्हें उनका दोष मान लिया गया है ...

मुनि की बात सुनकर वे बोले, "कहिए, मुनिवर! मैं सुन रहा हूँ।"

"आर्य कुलपति!" आजानुबाहु बोले, "सेनानायक बहुलाश्व के सैनिक शिविर के समीप, सम्राट् दशरथ के राज्य की सीमा के भीतर ही एक ग्राम है। ग्राम के निवासी जाति के निषाद हैं। पुरुष अधिकांशतः नौकाएँ चलाते हैं और स्त्रियाँ मछलियाँ पकड़ती हैं ..."

"शायद मैं उस ग्राम से परिचित हूँ।" विश्वामित्र बोले।

"उसी ग्राम में गहन नामक एक व्यक्ति रहता है। कुछ दिन पूर्व आर्य युवकों का एक दल गहन की कुटिया पर गया था। युवकों ने मदिरा इतनी अधिक पी रखी थी कि उन्हें उचित-अनुचित का बोध नहीं था। उन्होंने सीधे स्वयं गहन के पास जाकर माँग की कि

वह अपने परिवार की स्त्रियाँ उनकी सेवा में भेज दे। ऐसी अशिष्ट माँग सुनकर गहन क्रुद्ध हो उठा। उसके आह्वान पर ग्राम के अनेक युवक वहाँ एकत्रित हो गए। किंतु आर्य युवक अपनी माँग से टले नहीं। उनका तर्क था कि वे लोग धनी-मानी सवर्ण आर्य हैं और कंगाल गहन के परिवार की स्त्रियाँ नीच जाति की तुच्छ स्त्रियाँ हैं। नीच जाति की स्त्रियों की भी कोई मर्यादा होती है क्या? वे होती ही किसलिए हैं? सवर्ण आर्यों के भोग के लिए ही तो!

"वे लोग न केवल अपनी दुष्टता पर लज्जित नहीं हुए, वरन् अपना हठ मनवाने के लिए झगड़ा भी करने लगे। उस झगड़े में उन्हें कुछ चोटें आईं। अंततः वे लोग यह धमकी देते हुए चले गए कि वे नीच जाति को उसकी उच्छृंखलता के लिए ऐसा दंड दिलाएँगे, जो आज तक न किसी ने देखा होगा, न सुना होगा।"

"फिर?" विश्वामित्र तन्मय होकर सुन रहे थे।

"गहन कल से अस्वस्थ चल रहा था। आज जब सारा ग्राम अपने काम से नदी पर चला गया, गहन अपनी कुटिया में ही रह गया। गहन की देख-भाल के लिए उसकी पत्नी भी रह गई। अपनी सास की सहायता करने के विचार से गहन की दोनों पुत्रवधुएँ भी घर पर ही रहीं। गहन की दुहिता अकेली कहाँ जाती, अतः वह भी नदी पर नहीं गई ..."

"फिर?" विश्वामित्र जैसे श्वास रोके हुए, सब-कुछ सुन रहे थे।

"अवसर देखकर आर्य युवकों का वही दल ग्राम में घुस आया।" मुनि आजानुबाहु ने बताया, "अकेला अस्वस्थ गहन क्या करता। उन्होंने उसे पकड़कर एक खंभे के साथ बाँध दिया। उसकी वृद्धा पत्नी, युवा पुत्रवधुओं तथा बाला दुहिता को पकड़कर, गहन के सम्मुख ही नग्न कर दिया। उन्होंने वृद्ध गहन की आँखों के सम्मुख बारी-बारी उन स्त्रियों का शील भंग किया। फिर उन्होंने जीवित गहन

को आग लगा दी; और जीवित जलते हुए गहन की उस चिता में लौह-शलाकाएँ गर्म कर-करके उन स्त्रियों के गुप्तांगों पर उनकी जाति चिह्नित की ...”

“असहनीय!” विश्वामित्र ने पीड़ा से कराहते हुए कहा। उन्होंने दोनों हथेलियों से अपने कान बंद कर, आँखें मीच ली थीं।

वृद्ध ऋषि की मानसिक पीड़ा देखकर मुनि आजानुबाहु चुप हो गए। ऋषि विश्वामित्र से उच्च आर्यों की कौन-सी जाति है? भरतों में सर्वश्रेष्ठ विश्वामित्र! वे विश्वामित्र उन निषाद स्त्रियों के साथ घटी घटना सुन तक नहीं सकते। और कुलीनता का दंभ भरने वाले वे आर्य युवक ऐसे कृत्यों को अपना धर्म मानते हैं ...

आजानुबाहु को लगा, उनके मन में बैठा विश्वामित्र-द्रोही भाव विगलित हो उठा है और अब उनके मन में श्रद्धा ही है। इस वृद्ध ऋषि के लिए दूसरा भाव हो ही क्या सकता है। स्फटिक जैसा उज्ज्वल मन होते हुए भी, परिस्थितियों के सम्मुख कैसे असहाय हो गए हैं विश्वामित्र!

मुनि चुपचाप कुलपति की आकृति पर चिह्नित पीड़ा आँखों से पीते रहे। कुछ नहीं बोले। और अधिक बोलकर ऋषि की पीड़ा में वृद्धि करना उचित होगा क्या? ...

“इस घटना की सूचना सेनानायक बहुलाश्व को है?” अंत में विश्वामित्र ने ही पूछा।

“शासन-तंत्र के विभिन्न प्रतिनिधियों ने इस घटना की सूचना पाकर जब कुछ नहीं किया, तो गहन के पुत्र बहुलाश्व के पास भी गए थे। बहुलाश्व ने सारी घटना सुनकर कहा कि वह शोध करके देखेगा कि इस घटना में कितना तथ्य है।”

“इतनी बर्बरता हो रही है। अमानवीय, पैशाचिक, राक्षसी! और शासन का प्रतिनिधि कहता है, वह शोध करेगा।” विश्वामित्र

असाधारण तेजपुंज हो रहे थे, "उन आर्य युवकों की जीवित त्वचा खींच ली जानी चाहिए। मैं घोषणा करता हूँ कि ये युवक आर्य नहीं हैं। वे लोग राक्षस हैं। पूर्ण राक्षस। रावण के वंशज।"

"आर्य कुलपति!" मुनि बोले, "गहन के पुत्र उन स्त्रियों के साथ मुझे मिले थे। मैं उन्हें अपने साथ सिद्धाश्रम लेता आया हूँ। वे आश्रम के बाहर कहीं
भी स्वयं को सुरक्षित नहीं पाते।"

"उन्हें बुलाओ!" विश्वामित्र उतावली से बोले।

मुनि बाहर गए और क्षणभर में ही लौट आए। उनके साथ एक भीड़ थी। चुपचाप, मौन। किंतु उनकी आकृतियों पर आक्रोश और विरोध चिपक-सा गया था। उन्होंने कंधों पर चारपाइयाँ उठा रखी थीं। चारपाइयाँ भूमि पर रखकर वे लोग हट गए। केवल दो पुरुष उन चारपाइयों के पास खड़े रह गए। कदाचित् ये दोनों ही गहन के पुत्र थे।

विश्वामित्र ने देखा : अत्यंत पीड़ित चेहरे। त्रस्त एवं आतंकित। चारपाइयों पर एक वृद्धा स्त्री थी, कदाचित् यही गहन की पत्नी थी। दो युवतियाँ असह्य पीड़ा में कराहती हुई; और एक निपट बालिका, जिसने अपनी पीड़ा को सहने के उपक्रम में अपने ही दाँतों से अपने होंठ काट लिए थे।

विश्वामित्र का दृढ़ व्यक्तित्व सर्वथा हिल गया। उनके जी में आया, वे रो पड़ें; उन राक्षसों को इस बालिका पर भी दया न आई! ... और सहसा विश्वामित्र के भीतर घृणा पुंजीभूत होने लगी। इस घृणा को पोषित करना होगा, तभी राक्षसों का संहार होगा।

"मुनिवर, इन देवियों को तुरंत चिकित्सा-कुटीर में पहुँचाकर इनका उपचार करवाएँ।" उन्होंने आदेश दिया, "गहन के पुत्रो! तुम दोनों यहीं ठहर जाओ।" आदेश का पालन हुआ। भीड़ उन चारपाइयों को लेकर चली गई, केवल गहन के दोनों पुत्र पीछे रह गए।

"बैठ जाओ, पुत्रो!" ऋषि ने कहा।

वे दोनों बैठे नहीं। दंड के समान ऋषि के चरणों में टूटकर गिरे, जैसे अब तक का रोका हुआ बाँध बह गया हो। वे लोग देर तक उनके चरणों पर पड़े हुए रोते रहे। विश्वामित्र की आँखों से भी निःशब्द अश्रु झरते रहे।

अंततः ऋषि बोले, "उठो, वत्स! धैर्य धारण करो। मुझे बताओ कि जब तुम्हारी सहायता को कोई नहीं आया, तो तुम्हारे ग्राम-बंधुओं ने उन आर्य युवकों से प्रतिशोध क्यों नहीं लिया?"

"ऋषिवर! वह आत्महत्या होती। हमारा सारा ग्राम जला दिया जाता। सारे पुरुषों की हत्या कर दी जाती। ग्राम की प्रत्येक स्त्री की वही स्थिति होती, जो आज हमारे परिवार की स्त्रियों की हुई है। उन आर्य युवकों के त्रास से किसी आर्य वैद्य ने इनका उपचार भी नहीं किया।" गहन का ज्येष्ठ पुत्र गगन बोला।

"ऐसे शक्तिशाली लोग हैं वे!" ऋषि पीड़ा के साथ-साथ आश्चर्य से भर उठे, "वत्स, कौन लोग हैं वे?"

गगन सिर झुकाए मौन बैठा रहा।

"तुम उन लोगों से परिचित हो?"

गगन ने स्वीकृति में सिर हिला दिया।

"तो बताते क्यों नहीं?"

गगन की आँखों में मृत्यु की छाया प्रत्यक्ष हो गई, "उन्हें पता चलेगा कि मैंने आपको बताया है, तो वे लोग मेरी भी हत्या कर देंगे।"

तेज-प्रज्वलित स्वर में विश्वामित्र बोले, "मृत्यु के भय से कायर मत बनो, वत्स! जो कुछ घटित हो चुका है, क्या वह किसी मृत्यु से कम है? ... मैं तुम्हें सिद्धाश्रम में शरण देता हूँ। किसी भी आश्रमवासी की जितनी रक्षा होती है, वैसी ही रक्षा तुम्हारी भी होगी; बोलो, वे कौन हैं?"

"बाध्य न करें, ऋषिवर!" गगन का मुख दीन याचना में डूब गया।

"बोलो!" ऋषि कड़ककर बोले, "उन दलितों का उद्धार कभी नहीं होता, जो अत्याचार का विरोध नहीं करते।"

गगन ने अत्यंत भयभीत होकर ऋषि को देखा। वहाँ मानो विश्वामित्र नहीं थे, एक तेज था, प्रकाश था, सत्य था ... उस तेज में जैसे वह बँध गया। उसका भय, भीतर का प्रतिरोध, उस प्रकाश में विलीन हो गया। बोला, "उनका नेता सेनानायक बहुलाश्व का पुत्र देवप्रिय है।"

पर देवप्रिय का नाम लेते ही वह सचेत हो उठा। वह अपने-आपमें लौट आया था। रोने के लिए उसने अपने होंठ फैला दिए।

विश्वामित्र का मस्तिष्क एकदम झन्नाका खा गया। स्वयं शासन-प्रतिनिधि का ही पुत्र राक्षसी कृत्य करेगा, तो न्याय कौन करेगा? न्याय की माँग करने कोई किसके पास जाए! ... और यदि पिता उत्कोच लेकर अत्याचारों की ओर से आँखें मूँद लेता है, तो पुत्र इतना भी नहीं करेगा क्या?

विश्वामित्र की आँखें जैसे आकाश को बेध देने के लिए ऊपर की ओर उठीं। उन आँखों में दृढ़ता थी, वज्र की-सी। बोले, "जब शासक राक्षस हो जाए, तो न्याय का कर्तव्य ऋषि का होता है। ..."

तभी मुनि आजानुबाहु ने कुटिया में प्रवेश किया। उनका मुख पहले से भी अधिक पीड़ित था।

विश्वामित्र की प्रश्नभरी आँखें उनकी ओर उठीं।

"आर्य कुलपति! उन स्त्रियों में से वृद्धा और बालिका का देहांत हो गया है।" विश्वामित्र कुछ नहीं बोले। उनकी आँखों में जल के दो कण चमक आए।

5

मुनि आजानुबाहु और गहन के दोनों पुत्र जा चुके थे।

विश्वामित्र अकेले अपनी कुटिया में इधर से उधर टहल रहे थे। वे बार-बार किसी निर्णय पर पहुँचते और फिर उसे त्याग देते। वे निर्द्वंद्व रूप से किसी एक निर्णय पर नहीं पहुँच पा रहे थे। क्या करें? प्रश्न! प्रश्न! चिंता ही चिंता। वे सोचते जा रहे थे।

बात सोचने की ही नहीं, चिंता की भी थी। सत्युग के साथ ही देवताओं का बल एकदम क्षीण हो चुका था। अब स्थान-स्थान पर वे राक्षसों के साथ संघर्ष करते हुए दिखाई नहीं पड़ते थे। देवासुर-संग्राम अतीत की बात हो चुका था। अपनी अत्यधिक वैज्ञानिक उन्नति के कारण देवताओं ने सत्युग में बहुत अधिक शक्ति, धन और सत्ता प्राप्त कर ली थी। परिणामतः वे लोग निश्चिंत, विलास में मग्न हो गए थे। वह विलास कितना आत्मघाती सिद्ध हुआ। ... जल-प्लावन में प्रायः देव-शक्ति नष्ट हो गई। देव-शक्ति के क्षीण होते ही राक्षस लोगों ने सिर उठाना आरंभ किया। ठीक है, ये राक्षस देवताओं के समान विज्ञान एवं तकनीकी ज्ञान में उन्नत नहीं हैं, किंतु वे अस्त्र-बल से संपन्न हैं और उनके पास जन-शक्ति है। ... और अब तो उनको रावण जैसा नेता भी मिल गया है। वह जंबू-द्वीप ही नहीं, क्षीण-शक्ति देवलोक तक धावा मार आया है; पर कोई उसकी गति बाधित नहीं कर सका। रावण ने लंका को अपना केंद्र बना लिया है। जंबू-द्वीप के दक्षिण-पूर्व के सारे द्वीप जीत लिए हैं। सारा हेतिकुल उसके संरक्षण में पाताल को छोड़कर लंका में आ गया है। वह भूगोल की सुविधाओं को समझता है। उसके पास जल-सेना है,

जो आर्यावर्त्त में किसी सम्राट् के पास नहीं है। ...” विश्वामित्र की आँखें एक अनजाने भय से विस्फारित हो उठीं, “कितना असुरक्षित है आर्यावर्त्त ... आर्यवर्त्त ही क्यों, सारा जंबू-द्वीप। दक्षिण में कोई शक्तिशाली राजा नहीं है। वहाँ की निवासी अर्द्धविकसित जातियों के पास शस्त्र-बल है ही नहीं। वे हाथों, नखों, दाँतों, पत्थरों तथा लकड़ियों से लड़ते हैं। वे कैसे रोक पाएँगे रावण की सुशिक्षित सशस्त्र राक्षसी सेना को। ... हाँ, एक वाली है। पर वाली से रावण ने मित्रता कर ली है। वैसे भी वाली से रावण को कोई भय नहीं है। वाली न तो महत्त्वाकांक्षी है, न विस्तारवादी, न वह दूसरों के अन्याय और अपने अधिकारों के प्रति सचेत है। वह रावण का विरोध क्यों करेगा? किसी समय वह रावण का उपकरण अवश्य बन सकता है। ... रावण ने कितने सुसंयोजित ढंग से अपनी सेनाओं को आगे बढ़ाना आरंभ किया है। दक्षिणी जंबूदीप में पंचवटी के पास उसने अत्यंत महत्त्वपूर्ण सैनिक शिविर स्थापित किया है। वहाँ उसकी बहन शूर्पणखा है, उसके सेनापति खर और दूषण हैं। सहस्रों राक्षस उस जनपद में बस गए हैं। लंका भी वहाँ से दूर नहीं है ... सारे दक्षिणी जंबू-दीप में उसके राक्षस हिंस्र पशुओं के समान उन्मुक्त घूमते फिर रहे हैं। ऋषियों, मुनियों, तपस्वियों, आर्य बुद्धिजीवियों तथा दुर्बल जन-साधारण की हड्डियाँ चबाना उनका नित्यकर्म हो गया है। वे नहीं चाहते कि स्थानीय अर्द्ध-विकसित जातियों को ऋषियों का बौद्धिक नेतृत्व मिले। इसलिए किसी भी ऋषि को देखते ही वे उसे फाड़ खाने को दौड़ते हैं ... और उस रावण की दृष्टि आर्यावर्त्त पर केंद्रित है। सम्राटों की शिथिलता का लाभ उठाते हुए, उसने अपने सिद्धाश्रम के पास सैनिक शिविर ही नहीं, पूरा का पूरा राक्षसी उपनिवेश स्थापित कर लिया है। मलद और करूश दोनों राज्य ताड़का और उसके पुत्र मारीच ने नष्ट कर दिए हैं। अब यहाँ क्या रह गया है?

भयंकर ताड़कावन! आज न मलद और करूश के राजवंशों का पता है, न उनकी प्रजा का। वे या तो राक्षसों के पेट में चले गए हैं, या किसी अन्य सुरक्षित स्थान की खोज में भाग गए हैं। कहीं-कहीं कोई ग्राम मिल जाता है। नगर तो कहीं कोई रहा ही नहीं। अब सिद्धाश्रम राक्षसों के मार्ग की बाधा है। इसे भी किसी दिन वे समाप्त कर देंगे और फिर आर्यावर्त्त ...” विश्वामित्र भीतर-ही-भीतर एकदम सिहर उठे, “... राक्षस लोग एक बार आर्यावर्त्त में जा घुसे, तो क्या होगा आर्यावर्त्त का? ग्राम जला डाले जाएँगे। पुरुष, नारियाँ और बच्चे कच्चे या भून-भूनकर खाए जाएँगे। रूपवती नारियाँ राक्षसों के घरों में दासियाँ-बाँदियाँ बनेंगी। उच्च चिंतन, उच्च संस्कृति, सब-कुछ अग्नि, धूल, रक्त और मज्जा के कीचड़ में विलीन हो जाएगा ...”

सहसा विश्वामित्र को लगा, उनके मन में राक्षसों के विरुद्ध जो क्षोभ है, उससे भी अधिक क्षोभ आर्यावर्त्त के राजाओं के विरुद्ध है। आज वह समय क्यों नहीं है, जब सारी सेनाएँ एक ही सेनापति के अधीन युद्ध करती थीं? क्यों आज भी प्राचीन काल के भरत, युत्सु, जह्नु, भृगु जन के प्रमुख एक ही ग्राम में रहकर, न्यायपूर्ण संयुक्त शासन नहीं कर सकते? ऐसा क्यों है कि विभिन्न वर्ग एक-दूसरे से इतनी दूर जा पड़े हैं कि वे लोग रक्षात्मक युद्ध भी मिलकर नहीं कर सकते? ... फिर इन राजाओं की शस्त्रविद्या भी संतोषजनक नहीं थी। पार्थिव शस्त्रों की उनके पास कमी नहीं थी। धनुष-बाण, खड्ग, भाला, गदा, बहुत थे; किंतु इन शस्त्रों से राक्षसों को पराजित नहीं किया जा सकता था। राक्षसों के पास अनेक मायावी दिव्यास्त्र थे। आर्यावर्त्त के राजाओं के पास कदाचित् ही कोई दिव्यास्त्र था, जो उन्हें देव-महाशक्तियों से मिला हो। अनेक ऋषियों के पास कुछ दिव्यास्त्र अवश्य थे। पर वे कुयोग्य व्यक्ति के हाथ में दिव्यास्त्र देने की आशंका से पीड़ित, उन दिव्यास्त्रों के ज्ञान को अपने वक्ष

में छिपाए, विलीन होते जा रहे थे। जनक के पास शिव का धनुष पड़ा था, तो भी उसका उपयोग नहीं हो रहा था। उसकी पूजा हो रही थी। विभिन्न युद्धों में जनक ने एक बार भी तो उसका उपयोग नहीं किया। यदि कहीं वह किसी राक्षस के हाथ में चला गया, तो अनर्थ हो जाएगा ..."

विश्वामित्र सोचते जा रहे थे। विचारों का प्रवाह थम नहीं रहा था। कोई एक बात तो थी नहीं। इतने कारण थे इस स्थिति के पीछे। ... आर्य राजा भोगी और विलासी होते जा रहे थे। अधिक-से-अधिक पत्नियाँ, अधिक-से-अधिक सुख-भोग। वे कोमल हो गए थे। थोड़ी-थोड़ी सेनाएँ लेकर अपनी राजधानियों में पड़े थे। दशरथ चक्रवर्ती सम्राट् कहलाते हैं, पर सागर को पार करना तो दूर, कभी किष्किंधा तक भी नहीं गए। जल-सेना से विहीन इन सब राजाओं की पहुँच से बाहर, लंका में सुरक्षित बैठा रावण, जहाँ-तहाँ उत्पात मचा रहा है ... आर्यावर्त्त के राजाओं में न्याय नहीं रहा, साहस नहीं रहा, राजनीतिक सूझ-बूझ नहीं रही, महत्त्वाकांक्षा नहीं रही, सजगता और सचेतता नहीं रही ...

नगरों से निरंतर खेदजनक समाचार आ रहे है। शासन-तंत्र ढीला हो गया है। भीतर और बाहर से शत्रु सिर उठाने लगे हैं। मानव की पशु-वृत्तियाँ गौरवान्वित हो रही हैं। समाज में जो हिंस्र हैं, दुष्ट हैं, वे ही प्रसन्न हैं, सुखी हैं। सेनानायक और सैनिक लुटेरे हो गए हैं। राजसी व्यवस्था की इस सड़ाँध में अपराध के सहस्रों कीटाणु रोज जन्म ले रहे हैं। राजपुरुष राजसी वेश उतारकर स्वयं प्रजा को लूट लेते हैं; और फिर स्वयं ही न्याय करने के लिए, आसन पर बैठ जाते हैं। अथवा अपने भाई-भतीजों को चोरी, डकैती, हत्या एवं बलात्कार करने के लिए उन्मुक्त छोड़, उनकी रक्षा के लिए स्वयं सैनिक पद लिए बैठे हैं।

साधारण प्रजा कितनी दुःखी है। नगरों तक में खाद्य-सामग्री उपलब्ध नहीं है। कहीं दुर्भिक्ष है, कहीं बाढ़ है। लोग कीड़ों-मकोड़ों के समान भूखे मर रहे हैं, और सारा अन्न श्रेष्ठियों के भंडार-गृहों में पड़ा है। व्यापारी धन कमाकर शासन को उपहार दे-देकर अपने वश में कर लेता है, परिणामतः शासन अत्याचार का समर्थन करने लगता है।

और ये बेचारे शबर, निषाद, किरात, भील, दक्षिण में वानर, ऋक्ष तथा अन्य जातियाँ। उन्होंने सोचा था कि आर्य संस्कृति उनका उद्धार करेगी। क्या हुआ उनका? एक ओर राक्षसों ने आर्य संस्कृति उन तक पहुँचने ही नहीं दी; और अब आर्य संस्कृति के उद्घोषकर्ता स्वयं ही राक्षस होते जा रहे हैं। ऐसी स्थिति में विश्वामित्र क्या करेंगे? अगस्त्य क्या करेंगे? वाल्मीकि क्या करेंगे? भरद्वाज क्या करेंगे?

पर कर्म का समय भी यही है। विश्वामित्र चूक नहीं सकते। कोई कुछ नहीं करेगा, तो विश्वामित्र को ही कुछ करना होगा ... उन्हें सक्रिय होना होगा। राजा सक्रिय न हो, तो ऋषि ही सक्रिय क्यों न हों?

संध्या ढल रही थी। अंधकार अपने आने की पूर्व-सूचना दे रहा था। तभी गगन अपनी टोली के साथ लौट आया। उसके साथ चार स्त्रियाँ थीं। ऋषि ने देखा : सभी प्रायः युवतियाँ थीं। उनके शरीरों पर अत्यंत संक्षिप्त वस्त्र थे। मुख मुरझाए हुए, मानो वर्षों से रोगिणी हों। पीड़ित, यातना की प्रतिमूर्तियाँ। रंग-रूप से तीनों आर्य कन्याएँ लगती थीं, एक कदाचित् शबर थी। राक्षसी उनमें कोई नहीं थी। गगन ने निवेदन किया, "आर्य! राक्षस हमें कहीं नहीं मिले। मूल्यवान वस्त्र, स्वर्ण, मदिरा के भांड, विलास की अन्य वस्तुएँ तथा ये अभागिनी कन्याएँ बंदिनी रूप में इन घरों में मिली हैं। किसी के हाथ-पाँव बँधे थे, कोई पशु के समान किसी कोठरी में बंद थी।

गगन का कंठ रुँध गया।

ऋषि का मन पीड़ा से भर आया। इन अबलाओं ने किस प्रकार राक्षसों के अत्याचार सहन किए होंगे। ... और गगन! ... वे कल्पना कर सकते थे कि जब गगन के अपने परिवार की स्त्रियों के साथ अत्याचार हुआ होगा, तो उसे तब भी ऐसी ही अनुभूति हुई होगी। अपने दुःख के पश्चात् वह दूसरों का दुःख भी समझने लगा था। उसमें करुणा का उदय हुआ था। वह पूर्ण मानव हो गया था। और तब ऋषि का ध्यान राक्षसों की ओर चला गया। इन दुष्टों ने यथाशक्ति किसी को भी नहीं छोड़ा। काश! वे कुछ कर सके होते।

युवतियों ने सिर झुका रखे थे। उनकी आँखों से अश्रु बह रहे थे। मुख से सिसकियाँ फूट रही थीं।

"शांत होओ, देवि!" तुम्हारी पीड़ा की कोई सीमा नहीं रही होगी। मैं समझ सकता हूँ। आज मेरा मन मुझे कितना धिक्कार रहा है। यहाँ ऐसे-ऐसे अत्याचार हो रहे थे और देवि! सच जानो, तुम लोगों की पीड़ा ने अनेक लोगों को पीड़ित होने से बचाया है। तुम लोग धन्य हो, पूज्य हो। क्या तुम्हारा परिचय जान सकता हूँ?"

"मैं वनजा हूँ।" एक युवती बोली, "करूश की राजकन्या।" और तब ऋषि अन्य तीन युवतियों से संबोधित हुए, "आप ..."

"आर्य! अपना परिचय देकर संबंधियों को कलंकित नहीं करना चाहती। आप समझ लें कि मेरा कोई नहीं है।"

शेष दोनों ने उनका मौन समर्थन कर दिया।

ऋषि मौन हो गए। युवतियों ने सिर झुका, प्रणाम किया और सिद्धाश्रम की ओर चली गईं।

6

ऋषि का मन अतीत से वर्तमान में लौटा। ... उनका ध्यान अपने साथ चलते राम ओर लक्ष्मण की ओर गया।

"राम!"

राम की आँखें गुरु की ओर घूमीं। गुरु बड़े उत्साह-शून्य लग रहे थे।

"पुत्र! आज एक पुरानी कथा सुनाने को मन हो रहा है।"

यांत्रिक ढंग से आगे बढ़ते हुए, लक्ष्मण के पग एकदम रुक गए, "गुरुदेव! कथा मैं भी सुनूँगा। मुझे कथाएँ बहुत अच्छी लगती हैं। पर वैसी कथा तो नहीं सुनाएँगे न, जैसी दासी वामा सुनाया करती है। मुझे पशुओं-वशुओं की कथाएँ एकदम अच्छी नहीं लगतीं।"

राम स्नेहभरी आँखों से लक्ष्मण को देखकर मुसकराए।

"तुम्हें ऐतिहासिक कथाएँ अच्छी लगती हैं, लक्ष्मण?" विश्वामित्र का अवसाद कुछ क्षीण हुआ।

"मुझे ऐतिहासिक कथाएँ अच्छी लगती हैं, विशेषकर न्यायी पुरुषों के वीरतापूर्ण युद्धों की।" लक्ष्मण का स्वर उत्साह से भरा-पूरा था, "मेरी माँ कहती हैं, क्षत्रियपुत्र को वीरता की कथाएँ ही सुननी चाहिए।"

"पर सौमित्र!" विश्वामित्र की वाणी कुछ शिथिल हो गई, "जो कथा मैं सुनाना चाह रहा हूँ, वह किसी विजयी वीर की नहीं है। हाँ, वह ऐतिहासिक अवश्य है।"

"तो ठीक है।" लक्ष्मण के चेहरे का द्वंद्व छँट गया, "शत्रुघ्न सदा परियों की कहानियाँ सुनता है, इतना बड़ा होकर भी। मुझे वे एकदम अच्छी नहीं लगतीं। ऐतिहासिक कथा ठीक है।"

विश्वामित्र ने राम की ओर देखा। लक्ष्मण ने बीच में राम को बोलने का अवसर नहीं दिया था। वैसे भी राम कुछ बोलने को उत्सुक नहीं लग रहे थे। पर जिस ढंग से उन्हें देख रहे थे, उस दृष्टि में अनेक प्रश्न थे। ऐतिहासिक कथा क्यों सुनाना चाहते हैं ऋषिवर? इतिहास ही क्यों नहीं सुनाते? कथा ही सुनानी है, तो इतिहास बीच में आवश्यक क्यों हैं? ...

विश्वामित्र अनायास ही इन प्रश्नों का समाधान करने लगे, "पुत्र! जो कुछ मैं सुनाने जा रहा हूँ, वह इतिहास ही है। संभव है, इसके कुछ अंश उड़ते-उड़ते तुमने कहीं से सुने भी हों। पर मैं इसे इतिहास के रूप में नहीं सुना रहा हूँ, कथा के रूप में ही सुनाऊँगा। वह इसलिए कि मैं तुम्हें वह सब भी बता सकूँ, जो कुछ मैंने देखा है, जो कुछ मैंने सुना है, जो कुछ मैंने समझा और अनुमान किया है, जो कुछ मैंने कल्पना की है ..."

"कथा क्या ऐसे बनती है, गुरुवर?" लक्ष्मण की आँखों में विस्मय था।

"हाँ, पुत्र! कथा ऐसे ही बनती है।" विश्वामित्र बोले, "जब आख्याता ईश्वर के समान सर्वज्ञ होकर, तथ्यों और पात्रों के मन में जा समाता है, तो वह सब-कुछ जान लेता है। वह तथ्यों और पात्रों के आर-पार देख सकता है, पारदर्शी स्वच्छ जल के समान। जब उसकी सूचनाओं में कोई अभाव नहीं रहता, कुछ छूटता नहीं, वह सारी रिक्तियाँ अपनी कल्पना और अनुभूति से भर देता है, तो वह कथा होती है, लक्ष्मण!"

"सुनाएँ, गुरुदेव!" लक्ष्मण उल्लसित हो उठे, "कितना मजा रहेगा। भैया राम का संग, प्रकृति की शोभा, नए-नए स्थान, और गुरुदेव सुना रहे हों ऐतिहासिक कथा।"

"तो सुनो, पुत्र!" गुरु अपने मन का निरीक्षण कर रहे थे, उसमें बसी घटनाओं और चित्रों को उलट-पलट रहे थे। वे किसी और ही संसार में जा पहुँचे थे।

राम और लक्ष्मण, गुरु से सटते हुए-से, उत्सुक दृष्टि से उनके मुख की ओर देखते चल रहे थे। पुनर्वसु तथा अन्य ब्रह्मचारी भी अपनी नियमित दूरी छोड़कर, अपेक्षाकृत कुछ निकट आ गए थे। केवल सामान ढोने वाले छकड़े ही पीछे छूट गए थे।

गुरु ने कथा आरंभ की।

7

गौतम का अनेक वर्षों पुराना स्वप्न आज पूरा हुआ था।

मिथिला प्रदेश ही नहीं, उसके बाहर से भी अनेक ऋषि अपने पट्ट शिष्यों के साथ उनके आश्रम में पधारे थे। गौतम, उनके आश्रम और मिथिला-प्रदेश के 'ज्ञान' को मान्यता मिली थी। सात दिनों का सम्मेलन था। सात दिनों तक अभ्यागत ऋषि उनके आश्रम की शोभा बढ़ाएँगे, व्याख्यान देंगे, मिलकर विचार-विमर्श करेंगे। अनेक समस्याएँ और गुत्थियाँ सुलझाएँगे। ऋषियों के साथ आए हुए सैकड़ों ग्रंथ इन दिनों गौतम के आश्रम के किसी भी ब्रह्मचारी के लिए सहज सुलभ होंगे। इन सात दिनों में जो आचार्य, मुनि अथवा ब्रह्मचारी इन ग्रंथों को लेकर जितना परिश्रम करेगा, वह उतने ही लाभ में रहेगा।

गौतम का मन अभ्यागतों द्वारा प्रदर्शित इन ग्रंथों के प्रति लोलुप हो रहा था। नवीन ग्रंथ देखते ही, उनके भीतर बैठा ग्रंथ-लोभ जाग उठता है। मुँह से लार टपकने लगती है। इच्छा होती है, सारे ग्रंथ पढ़ जाएँ, उनकी प्रतिलिपि कर लें, उन्हें किसी प्रकार अपने पास रख लें। ... उन्होंने अपने प्रत्येक लोभ को जीता है, किंतु ग्रंथ-लोभ को नहीं। जीतना चाहते भी नहीं। इस लोभ को वे सायास पोषित कर रहे हैं। जितना बढ़ सकता है, बढ़ा रहे हैं ... यही तो उनका धन है, उनके जीवन की उपलब्धि।

कोई और समय होता, तो वे स्वयं भोजपत्र तथा लेखनी लेकर जुट जाते और अधिकाधिक ग्रंथों की प्रतिलिपियाँ तैयार कर लेते; किंतु इस समय यह संभव नहीं है। आश्रम में इतने अभ्यागत ठहरे हुए हैं। गौतम स्वयं ग्रंथों की प्रतिलिपियाँ तैयार करने में लग गए, तो अभ्यागत ऋषियों, आचार्यों और ब्रह्मचारियों की देखभाल कौन

करेगा? चर्चाएँ-वार्ताएँ होंगी, चिंतन-मनन होगा, यज्ञ होंगे। ... गौतम ग्रंथों की प्रतिलिपियों के लिए अधिक समय नहीं दे सकते। यह काम उन्हें आश्रम के आचार्यों तथा ब्रह्मचारियों पर ही छोड़ना होगा। कुछ महत्त्वपूर्ण ग्रंथों का कार्य अवश्य वे अपने हाथ में लेंगे ...

संध्या होते-होते सीरध्वज भी आ पहुँचे। सभी प्रसन्न थे, किंतु गौतम विशेष रूप से हर्षित थे। सीरध्वज मिथिला के सम्राट् थे। सम्मेलन में उनके सम्मिलित होने का अर्थ था–धन तथा सुरक्षा की दृष्टि से पूरी निश्चिंतता। प्रत्येक कुलपति को अपने आश्रम के लिए इस प्रकार के राजाश्रय की आकांक्षा बनी रहती है। किंतु राजाश्रय के कारण, आश्रम में शासन के अवांछित हस्तक्षेप तथा आश्रम के कुलपति की स्वतंत्रता पर राज-अंकुश लगने का जो भय होता है, वह यहाँ नहीं था। सीरध्वज शासक होने के साथ-साथ स्वयं भी ऋषि थे। उनका आना गौतम के लिए आनंद का विषय था। इससे भी बढ़कर आनंद की एक और सूचना सीरध्वज लाए थे। सीरध्वज के माध्यम से भेजा गया निमंत्रण इंद्र ने स्वीकार कर लिया था, और वे रात्रि से पूर्व ही आश्रम में पहुँच रहे थे।

गौतम तथा उनके सहयोगियों का ध्यान सीरध्वज की ओर से हटकर इंद्र के आगमन की ओर चला गया। देवराज शक्ति और महिमा की दृष्टि से मिथिला-नरेश से कहीं अधिक महत्त्वपूर्ण थे। सीरध्वज स्वभाव से सज्जन व्यक्ति हैं। उन्होंने स्वयं इंद्र के स्वागत के लिए आश्रम को सुसज्जित करने में गौतम को सहयोग दिया। उनका कहना था कि मिथिला-आश्रमों के अभ्यागतों के आतिथेय का कर्तव्य स्वयं मिथिला-नरेश का है।

आश्रम में उन द्वारों तथा मार्गों को यथासंभव अलंकृत कर दिया गया, जिनसे होकर देवराज के आने को संभावना थी। स्वागत के लिए अनेक ब्रह्मचारियों को नियुक्त कर दिया गया। कुछ टोलियों को निर्देश दिया गया कि वे ऊँचे-ऊँचे वृक्षों पर चढ़कर, देवराज के आने के संभावित मार्गों पर दृष्टि रखें और उनको देखते ही सूचनार्थ निश्चित संकेत दें।

गौतम की निजी कुटिया के एकदम साथ वाला, सबसे बड़ा तथा विशिष्ट कुटीर, जो अब तक कदाचित् मिथिला-नरेश के लिए खाली रखा गया था, विशेष रूप से पुन: झाड़-बुहारकर, पुष्पों से सुवासित किया गया। उनमें देवराज के लिए उत्तम भोज्य पदार्थ प्रस्तुत किए गए; और आश्रम के नियमों के सर्वथा विरुद्ध, उस कुटीर में मदिरा का प्रबंध किया गया।

कुटीर को पूर्णत: सुसज्जित कर; इंद्र के आने की सूचना पाकर, अहल्या को संग ले गौतम उसके स्वागत के लिए आश्रम के मुख्य द्वार पर पहुँचे।

तब इंद्र आज के समान वृद्ध नहीं था। वह ढलती आयु का प्रौढ़ पुरुष था। इंद्र अपने आकाशगामी विमान से आया था। उसके साथ अनेक अन्य विमान थे, जिनमें उसके सैनिक, सेवक तथा दासियाँ थीं। उसका वैभव देवराज के अनुकूल ही था।

गौतम और अहल्या ने आगे बढ़कर उसका स्वागत किया, पूजन किया और आश्रम में पधारने की प्रार्थना की।

इंद्र ने पूजन स्वीकार किया, सीरध्वज से भेंट की, अपने साथ आए सैनिकों तथा सेवकों को आश्रम से बाहर शिविर स्थापित कर, ठहर जाने का आदेश देकर, उसने आश्रम में प्रवेश किया। यद्यपि उसने आश्रम में पदाति प्रवेश किया था, किंतु उसका विमान उसके निजी सेवकों द्वारा, आश्रम के भीतर उसके ठहरने के कुटीर के पास पहुँचा दिया गया था, ताकि आवश्यकता होने पर देवराज को कोई असुविधा न हो।

गौतम इंद्र से बातचीत कर रहे थे। आश्रम में पधारने के लिए वे उसके प्रति आभार प्रकट कर रहे थे। किंतु सभी उपस्थित जन ने देखा था कि इंद्र का ध्यान गौतम तथा उनके आभार-ज्ञापन की ओर नहीं था। उसकी दृष्टि किसी-न-किसी व्याज से, प्रत्यक्ष अथवा अप्रत्यक्ष रूप से अहल्या की ओर घूम जाती थी। उसकी आँखों का भाव आश्रम के कुलपति की अर्द्धांगिनी की श्रद्धा से सर्वथा अछूता था। किंतु वह

देवराज था, आश्रम में मिथिला-नरेश तथा कुलपति का आमंत्रित अभ्यागत होकर आया था। धन, संपत्ति, सत्ता, शक्ति, मान-मर्यादा, पद इत्यादि की दृष्टि से सब पर भारी पड़ता था। फिर, चाहे आश्रम के बाहर ही ठहरे हुए क्यों न हों, उसके पास पर्याप्त सैनिक थे। ... उसकी इन छोटी-छोटी अभद्रताओं के विरुद्ध आपत्ति नहीं की जा सकती थी।

अंत में कुटीर के द्वार पर उसे छोड़ते हुए गौतम ने कहा, "देवराज, हम आपके वैभव के अनुकूल आपका आतिथ्य नहीं कर सकते, किंतु आशा है, आश्रम-भूमि जानकर, आप इन अभावों की ओर ध्यान नहीं देंगे।"

और इंद्र ने उपस्थित समुदाय के लिए सर्वथा अप्रत्याशित कर्म किया। वह अहल्या की ओर मुड़ा, "देवी अहल्या! आप जैसी त्रैलोक्य सुंदरी के लिए यह अभावमय आश्रम तो अत्यंत कष्टदायक होगा। मैं यहाँ से लौटकर आपके सुख के लिए कोई प्रयत्न करूँगा।"

उपस्थित समुदाय अटपटा गया। गौतम ज्वलंत रोष से तपकर एकदम लाल हो गए। सीरध्वज की आकृति निष्प्रभ हो गई। अहल्या ने अत्यंत पीड़ित तथा अपमानित दृष्टि से, उपालंभ-सा देते हुए अपने पति की ओर देखा; और कुलपति की धर्मपत्नी का निर्वाह करते हुए अतिथि इंद्र से बोली, "देवराज! आश्रमवासी अपने धर्म का निर्वाह करते हैं। आश्रम के कुलपति की धर्मपत्नी के रूप में मिलने वाला सम्मान ही मेरा सुख-वैभव है।"

सबके देखते-देखते, अहल्या अपने पुत्र शत को गोद में उठा, अपनी कुटिया की ओर चली गई।

इंद्र को उपस्थित ऋषियों, आचार्यों तथा ब्रह्मचारियों में कोई रुचि नहीं रह गई। वह भी अपने कुटीर में विश्राम करने चला गया।

8

दूसरा दिन उत्साह एवं उत्सवों भरा था। न तो किसी आश्रमवासी को ही तनिक अवकाश था और न अभ्यागतों को। प्रात: यज्ञ से उत्सव आरंभ हुआ और मध्याह्न के भोजन से पूर्व विभिन्न स्थानों पर चार पृथक्-पृथक् गोष्ठियाँ हुईं। भोजन के पश्चात् जन-सामान्य के लिए एक खुले अधिवेशन में गोष्ठियों में विचारित समस्याओं पर चर्चा होनी थी। कूछ लोगों को, जिन्हें ग्रंथावलोकन में अधिक रुचि थी, इस ख़ुले अधिवेशन से मुक्त कर दिया गया था, ताकि वे ग्रंथ-दीर्घा में जाकर ग्रंथों का पाठ अथवा अवलोकन कर सकें।

गौतम का अपना मन ग्रंथ-दीर्घा में जाने के लिए तड़फड़ा रहा था। किसी प्रकार अधिवेशन की अध्यक्षता किसी अन्य व्यक्ति को सौंप सकते, तो नए-नए ग्रंथों के बीच यह समय बिताने का अपूर्व उल्लास पा सकते थे। उन्होंने सोचा भी था कि वे देवराज इंद्र या महाराज सीरध्वज से अध्यक्षता के लिए कहेंगे। किंतु इंद्र को प्रात: के यज्ञ के सिवाय सारे सम्मेलन में कहीं भी नहीं देखा गया। उसे ज्ञान-चर्चाओं में कोई रुचि नहीं थी। महाराज सीरध्वज हलकी-सी अस्वस्थता के कारण विश्राम-हेतु चले गए थे। ... वैसे एक आशंका भी थी। इन दोनों में से कोई अध्यक्षता स्वीकार कर भी लेता, तो आतिथेय कुलपति के रूप में गौतम को उनके निकट बने ही रहना पड़ता। ... गौतम किसी प्रकार मुक्त नहीं हो सकते थे। इतने ढेर सारे नए ग्रंथों के इतने निकट होते हुए भी, वे अपनी प्यास नहीं बुझा सकते थे।

सहसा गौतम का ध्यान उपकुलपति आचार्य अमितलाभ की ओर चला गया। क्यों न वे आचार्य को अध्यक्षता सौंपकर, थोड़ी देर के लिए स्वयं मुक्त हो जाएँ? कुलपति सब स्थानों पर उपस्थित नहीं रह सकता, ऐसे ही समय में उसकी सहायता के लिए उपकुलपति होता है।

अमितलाभ ने अनेक लोगों के सामने उनकी शिकायत भी की थी, "अरे, कुलपति किसी को कुछ समझें, तब ना! किसी और पर तनिक-सा भी न तो दायित्व छोड़ने को तैयार हैं, न किसी को अधिकार देना चाहते हैं। प्रत्येक काम स्वयं करेंगे, प्रत्येक स्थान पर स्वयं रहेंगे, प्रत्येक व्यक्ति से स्वयं बात करेंगे। किसी अन्य की क्षमता पर तो उनका विश्वास ही नहीं है। उनका वश चले तो आश्रम-भर में झाड़ू भी स्वयं अपने हाथों ही लगाएँ ..."

आचार्य अमितलाभ को अध्यक्षता सौंपी जाए तो वे प्रसन्न भी होंगे।

गौतम ने उपकुलपति को बुला भेजा।

पर प्रस्ताव सुनकर, उपकुलपति ने तनिक भी प्रसन्नता नहीं दिखाई। प्रत्यक्षतः अस्वीकार तो नहीं किया, प्रकारांतर से अपनी अनिच्छा अवश्य प्रकट कर दी, "आर्य कुलपति! यह अधिवेशन आश्रम का भीतरी कार्य तो है नहीं। बाहर से अनेक उद्भट विद्वान् ऋषि-मुनि तथा ज्ञानी लोग आए हुए हैं। इस समय तो आश्रम की प्रतिष्ठा का प्रश्न है। यदि अपने अज्ञान में मुझसे कोई भूल हो गई, तो आश्रम के सम्मान पर धब्बा लग जाएगा। यह कार्य तो आप ही करें, आर्य कुलपति! ... "

गौतम अच्छी तरह जानते थे कि उनके ज्ञान तथा सामर्थ्य के प्रति सम्मान दिखाने वाले इन शब्दों में स्वयं उपकुलपति का अपना भी विश्वास नहीं था। किसी अज्ञात कारण से सामयिक चाटुकारिता

मात्र थी। किसी भी कारण से हो, अधिवेशन की अध्यक्षता वे नहीं करना चाहते थे। तो फिर गौतम क्या करते? उन्हें ग्रंथ-दीर्घा का मोह संप्रति छोड़ना ही होगा ...

9

गौतम के पास से लौटे अमितलाभ आश्वस्त अनुभव कर रहे थे। वे रात्रि तक पूर्णतः मुक्त थे, और गौतम अधिवेशन में व्यस्त। वे किसी भी प्रकार यह नहीं जान पाएँगे कि इस बीच अमितलाभ ने क्या किया। यह संयोग मात्र था किंतु यही वह अवसर भी था, जब अमितलाभ अपने लिए कुछ कर सकते थे। वे गौतम के कृतज्ञ थे कि यह सम्मेलन बुलवाकर गौतम ने उन्हें ऐसा अच्छा अवसर उपलब्ध करा दिया।

उपकुलपति ग्रंथ-दीर्घा की ओर नहीं गए। वहाँ क्या रखा था! देवराज आश्रम में साक्षात् विद्यमान थे। ऐसा अवसर फिर कब मिलेगा? इंद्र को थोड़ा-सा भी प्रसन्न कर सकें तो उनके लिए मिथिला से बाहर, आर्यावर्त्त में कहीं भी, या भाग्य ने साथ दिया तो देवलोक में भी, किसी वृत्ति की व्यवस्था हो सकती है। बस, इंद्र को प्रसन्न करने की बात है।

वे इंद्र के कुटीर के सम्मुख पहुँचे। उन्होंने आधे भिड़े कपाटों से झाँककर देखा – मदिरा-पात्र लिए अपने आसन पर बैठा इंद्र शून्य को घूर रहा था। वह किसी चिंता में डूबा हुआ था, और वह चिंता ज्ञान की कोई उलझी हुई गुत्थी नहीं थी।

अमितलाभ के मन में आशंका जगी – कदाचित् इस समय इंद्र के सम्मुख जाना विशेष लाभकारी न हो; किंतु फिर अवसर मिले, न मिले। कितनी झूठी-सच्ची बातें कहकर वे अधिवेशन से मुक्ति पा सके हैं। फिर गौतम उन्हें अवसर ही न दें तो? या फिर इंद्र ही इस प्रकार अकेले सहज-सुलभ न हुए तो?

अमितलाभ ने कुटीर में प्रवेश किया।

आहट पाकर इंद्र ने दृष्टि अमितलाभ की ओर फेरी। उसकी आँखों

में न तो स्वागत का भाव था, न आनेवाले के प्रति शिष्टाचार, न ही सहज विस्मय ... उन आँखों में उपेक्षा, खीज, झुँझलाहट और वितृष्णा थी।

अमितलाभ को लगा, इंद्र ने उन्हें पहचाना नहीं है। कल संध्या-समय आश्रम के सिंहद्वार पर उनका परिचय तो कराया गया था; किंतु संभव है उतनी-सी भेंट, किसी को पहचान लेने के लिए, देवराज के लिए पर्याप्त न हो।

"आश्रम का उपलकुलपति, आचार्य अमितलाभ देवराज इंद्र को प्रणाम करता है।" अमितलाभ ने अपना परिचय दिया।

इंद्र की मुद्रा में तनिक भी परिवर्तन नहीं हुआ। बोला, "क्या है?"

अमितलाभ का उत्साह शिशिल हो गया। इंद्र ने उनका परिचय सुनकर भी, तनिक शिष्टाचार तक नहीं दिखाया था। अवश्य ही इस व्यक्ति के मन में आश्रमों तथा तपस्वियों के प्रति कोई सम्मान नहीं था। मन खट्टा तो हुआ, किंतु वे सम्मान नहीं, 'लाभ' पाने की आशा से आए थे। धृष्ट होकर बोले, "अधिवेशन में आप दिखे नहीं, तो आपको खोजता हुआ इधर आ गया।"

"क्या काम है?" इंद्र घूर रहा था।

"काम तो कुछ नहीं है, आर्य के दर्शनों की इच्छा ..."

"मैं कोई सुंदरी कामिनी हूँ, जिसके दर्शनों के लिए तड़प रहे हो?" इंद्र अमर्यादित हो उठा।

"देवराज, ज्ञान के इस अधिवेशन ..." अमितलाभ ने बात आरंभ की।

इंद्र ने बात बीच में ही काट दी, "ज्ञान की देवलोक में कमी नहीं है।"

"तो देवराज किस आकर्षण में आए हैं?"

"ऋषि-कु ..." इंद्र रुक गया। फिर जैसे अपने-आपको संतुलित करता-सा बोला, "तुम जाओ, संन्यासी! मेरा मन अशांत है।"

10

अमितलाभ व्यथित होकर कुटीर से बाहर निकल आए। किंतु उनकी व्यथा अपने अपमान की नहीं थी – वे अपने भ्रमण तथा वृत्ति के अवसर के छिन जाने से दुखी थे।

अपने को सहेजते-सँभालते अमितलाभ आश्रम में इधर से उधर डोलते फिरे। वे व्यथित-पीड़ित तो थे, किंतु अभी हताश नहीं हुए थे। वे इतनी जल्दी हताश हो जाने वाले जीव नहीं थे। न सही देवलोक का भ्रमण या वृत्ति, कुछ और सही, कुछ और ... ऐसे सम्मेलन बार-बार नहीं होते ... वे डोलते रहे। सारा आश्रम सूना था। समस्त आश्रमवासी किसी-न-किसी कार्यक्रम में लगे हुए थे। सब ही लोग कहीं-न-कहीं व्यस्त थे।

अंततः अमितलाभ सीरध्वज के विश्रामस्थल पर पहुँचे।

सम्राट् सीरध्वज सचमुच अस्वस्थ और शारीरिक कष्ट से पीड़ित थे। किंतु उन्होंने शैया से उठकर अमितलाभ का स्वागत किया, "मैं सीरध्वज उपकुलपति को प्रणाम करता हुँ।"

अमितलाभ की उदासीनता विलीन हो गई। न सही देवराज, सीरध्वज ही सही। सीरध्वज ने न केवल उन्हें पहचाना था, वरन् शैया से उठ, उनका स्वागत कर उन्हें सम्मान भी दिया था। यहाँ अमितलाभ के लिए अनेक संभावनाएँ थीं।

"सम्राट् अस्वस्थ हैं?" अमितलाभ ने बात आरंभ की।

"मेरा दुर्भाग्य, उपकुलपति! ऐसे अवसरों पर, जब आस-पास ज्ञान का सागर लहरा रहा हो, अस्वस्थ होकर, शैयासीन होना कितना बड़ा दुर्भाग्य है। ऐसे सम्मेलन में उपस्थित होकर भी मैं विश्राम कर

रहा हूँ।" और सहसा सम्राट् का स्वर बदल गया, "उपकुलपति! आप अधिवेशन में नहीं गए?"

"सम्राट् को अधिवेशन में न देख चिंता हुई। अत: आपके दर्शन-लाभ के लिए चला आया।" अमितलाभ ने अपने स्वर में करुणा घोली, "वैसे भी व्यवस्था-संबंधी इतने दायित्व कुलपति ने मुझ पर छोड़ रखे हैं, सम्राट्, कि अधिवेशनों में उपस्थित होना मेरे लिए संभव नहीं है। आश्रमों में कुलपति के एकाधिकार की परंपरा अनेक लोगों के विकास में बाधक हो रही है, सम्राट्! यदि कुलपति के अतिरिक्त कुछ अन्य उच्च अधिकारियों को भी कुछ विशिष्ट अधिकार दे दिए जाएँ तो व्यवस्था अधिक सुचारु हो जाएगी।"

अपनी बात समाप्त कर अमितलाभ ने सीरध्वज की ओर देखा। उन्होंने पाया, यह व्यक्ति सम्राट् होते हुए भी, इंद्र से बहुत भिन्न था। अपने मुख से सीरध्यज ने कुछ नहीं कहा था, किंतु उन आँखों में अमितलाभ के लिए असम्मान तथा संशय था। वे आँखें, जैसे पूछ रही थीं, "तुम व्यवस्था में व्यस्त थे, तो अधिवेशन में कैसे चले गए? तुम्हें कैसे पता चला कि सीरध्वज अस्वस्थ हैं? कम व्यस्त होने पर भी गौतम यहाँ नहीं आ सके, और तुम अधिक व्यस्त होकर भी यहाँ कैसे आ सके?"

"यदि सम्राट् ही इस विषय में कुछ करें ..."

पर सीरध्वज ने बात काट दी, "उपकुलपति! स्वयं आश्रमवासियों द्वारा आश्रम में शासन के हस्तक्षेप को आमंत्रित करना मैं शुभ नहीं मानता; और तब तो एकदम ही नहीं, जब वह आमंत्रण निजी स्वार्थ से युक्त हो। आप अत्यंत व्यस्त हैं। यहाँ समय नष्ट न करें।"

अमितलाभ इच्छा होते हुए भी और नहीं ठहर सकते थे। सम्राट् ने उन्हें जाने का आदेश दे दिया था।

11

गौतम दिनभर व्यस्त रहे। वे नहीं जानते थे कि दिनभर शत किसके पास रहा, अहल्या कहाँ रही, क्या करती रही? पर जिस किसी समारोह में कुलपति का अपनी अर्द्धांगिनी के साथ उपस्थित होना आवश्यक था, वहाँ उन्होंने अहल्या को सदा उपस्थित पाया। अहल्या अपने दायित्व के प्रति पूर्णत: सजग थी। आश्रम के संचालन में अकेला कुलपति कभी भी समर्थ नहीं होता, यद्यपि नाम केवल कुलपति का ही होता है। कुलपति की पत्नी आश्रम के दैनिक कार्यक्रम का अनिवार्य अंग तो होती ही है, ऐसे सम्मेलनों के अवसर पर उसका दायित्व और भी बढ़ जाता है। यज्ञों, गोष्ठियों, विचार-वार्ताओं, प्रवचनों के कारण कुलपति तो अपने स्थान से हिल भी नहीं सकता। उसकी पत्नी आश्रमवासियों तथा अभ्यागतों की देखभाल तो करती ही है – यथा-आवश्यकता समारोहों में उपस्थित भी होती है तथा अनिवार्य होने पर चर्चित समस्याओं पर अपना मत प्रकट करती है। सम्मेलनों की सफलता के लिए आवश्यक है कि कुलपति में बुद्धि, तर्क, ज्ञान की पिपासा, सहिष्णुता एवं ईमानदारी हो, साथ ही यह भी आवश्यक है कि कुलपति की पत्नी बुद्धिमती, विदुषी, नम्र तथा व्यवहारकुशल हो।

गौतम जानते थे कि उनकी पत्नी में ये सारे गुण हैं। उन्हें विश्वास था कि अहल्या की सुव्यवस्था के कारण, आश्रम में सारे कार्य सुचारु रूप से चल रहे होंगे और बालक शत भी किन्हीं सुयोग्य हाथों में होगा, कदाचित् आचार्य ज्ञानप्रिय की पत्नी सदानीरा के पास। ... साथ ही कहीं वे पिछली संध्या की घटना भी भूल नहीं

पाते। इंद्र का वह एक वाक्य! उपस्थित जन-समुदाय पर उसकी प्रतिक्रिया! और अहल्या का वह मर्यादित-संतुलित उत्तर!

अहल्या उस घटना से काफी विचलित हो गई थी, किंतु गौतम जानते हैं कि अवसर की मर्यादा के प्रति वह कितनी जागरूक थी। उसने अपने मन को बाँधा होगा, स्वयं को समझाया होगा और परिणामत: दिनभर में जब कभी वह किसी उत्सव में दिखाई पड़ी – पर्याप्त संतुलित और महिमामयी दिखी। उसने अपने आहत, अपमानित मन की पीड़ा छिपाकर अपनी, अपने पति की तथा आश्रम की मर्यादा की रक्षा की थी, अन्यथा तनिक-सी असावधानी से सारा वातावरण बिगड़ जाता ...

दिन के अंतिम कार्यक्रम को पूर्ण कर, गौतम जब अपनी कुटिया के एकांत में लौटे, तो रात का अंधकार काफी गहरा हो चुका था। शत को गोद में लिए, अहल्या दीपक के पास बैठी थी और अजाने ही कभी उसके बालों को और कभी उसके शरीर को स्नेहभरी हथेलियों से धीरे-धीरे सहला देती थी। किंतु गौतम की आँखों से छिपा नहीं रह सका कि अन्य दिनों के समान शत को गोद में लिए होने पर भी, न तो उसका मन तुष्ट था, न उसकी आँखों में ममता ही झर रही थी। कुछ-न-कुछ असहज अवश्य था।

"आज कुछ शिथिल हो, अहल्या!" गौतम ने निकट आ अहल्या के कंधे पर हाथ रखा, "दिनभर का कार्य बहुत अधिक था?"

"नहीं! कार्य की तो कोई बात नहीं।" अहल्या ने पुत्र पर से दृष्टि हटाकर पति को देखा, "किंतु उस व्यस्तता के कारण मैं दिनभर में शत को तनिक भी समय नहीं दे सकी। दिनभर मुझसे अलग रहा है, इसलिए इस समय काफी चिपकू हो रहा है। गोद से उतरना ही नहीं चाहता। वैसे मुझे लगता है, इसे हलका-सा ज्वर भी है। आप देखिए तो ..."

गौतम ने शत के माथे पर अपनी हथेली रखी। माथा गर्म था। पिता का स्पर्श पाकर ज्ञात ने आँखें खोल दीं। उन आँखों में भी ज्वर का ताप चढ़ा हुआ था।

"बेटे को ज्वर आ गया।" गौतम ने कहा।

शत ने शरीर के ताप से सूखे होंठों पर जीभ फेर उन्हें गीला किया और बड़ी धीमी आवाज में बोला, "पिताजी, गोद में ले लो।"

गौतम ने शत को गोद में उठा लिया। शत ने फिर से आँखें बंद कर लीं। पर गौतम समझ रहे थे, यह नींद नहीं थी, ज्वर के कारण शरीर तथा मन की शिथिलता थी।

"चिकित्साचार्य को नहीं दिखाया?"

"दिनभर तो मुझे अवकाश ही नहीं मिला।" अहल्या ने उत्तर दिया, "मैं आपसे थोड़ी ही देर पहले कुटिया में लौटी हूँ। तभी सखी सदानीरा इसे मुझे देकर गई है। आज शत दिनभर सदानीरा के पास ही रहा है। तब मैंने सोचा कि चिकित्साचार्य भी दिनभर के कार्य से थके हुए होंगे, इस समय उन्हें क्या कष्ट देना। बच्चा ज्वर से शिथिल हो गया है। कोई गंभीर बात नहीं है। कल प्रातः उन्हें दिखा दूँगी।"

"ठीक तो कहती हो, अहल्या!" गौतम पूर्णतः सहमत नहीं थे, "पर रात में यदि ज्वर बढ़ गया, तो और भी परेशानी होगी। इन दिनों अपनी व्यस्तता में हम बच्चे की पूरी तरह देखभाल भी नहीं कर पाएँगे।"

और गौतम अपने ही मन में अनेक बार उभरे हुए प्रश्न से उलझ गए – जब कभी उन्होंने आश्रम में कोई विशेष उत्सव किया है, और ऐसे उत्सव वे करते ही रहते हैं, तो उन्होंने पाया है कि वे उन उत्सवों में कुछ ऐसे खो गए हैं, ऐसे व्यस्त हो गए हैं कि वे अपने घर-परिवार को सर्वथा भूल गए हैं। जब कभी उन्होंने स्वयं को दक्ष एवं कुशल कुलपति प्रमाणित करने का प्रयत्न किया, उन्हें पति तथा

पिता-रूप की उपेक्षा करनी पड़ी। ऐसा क्यों है कि जो व्यक्ति स्वयं को सारी मानव-जाति के सुख के लिए समर्पित कर देता है, वह अपने परिवार को ही सुखी नहीं रख पाता? यह दीपक तले अंधकार क्या प्रकृति का नियम है? उन्होंने उत्सव किए हैं, सम्मेलन किए हैं, अभ्यागतों की देखभाल की है, ज्ञान-चर्चाएँ की हैं – उन्हें उसके लिए भरपूर यश मिला है; पर क्या उन दिनों वे यह देख पाए हैं कि अहल्या कहाँ है? कैसी है? क्या उन्हें याद रहा है कि शत ने दिनभर में कूछ खाया है, या भूखा ही रहा है? ये ज्ञान-उत्सव उनकी अपनी महत्त्वाकांक्षा रही है, उसे पूर्ण कर वे आत्मतोष भी पाते हैं और यश भी; पर क्या यह उनकी पत्नी और बच्चे की भी महत्त्वाकांक्षा है? क्या इससे उन्हें भी आत्मतोष और यश मिलता है? या वे लोग गौतम की महत्त्वाकांक्षा की पूर्ति के लिए अपना बलिदान कर रहे हैं? क्या किसी महत्त्वाकांक्षी, किसी परमार्थी के सगे-संबंधी होना, भाग्य का अभिशाप है?

बालक शत को गोद में लिए हुए गौतम बड़ी देर तक चुपचाप, धीरे-धीरे टहलते रहे और सोचते रहे। कुटिया में कोई कुछ नहीं बोला। शत आँखें बंद किए उनींदा-सा पिता की गोद में शांत पड़ा रहा। अहल्या छोटे-मोटे घरेलू काम करती रही। काफी देर के पश्चात् गौतम ने अनुभव किया कि वे स्वयं दिनभर की शारीरिक तथा मानसिक व्यस्तता के कारण काफी थके हुए हैं, और उनका शरीर आराम चाहता है। उनकी आँखें विशेष रूप से थकी हुई थीं, यह कदाचित् दिनभर के कार्य से मुक्त होकर, दीपक के प्रकाश में अधिकाधिक ग्रंथावलोकन के प्रयत्न के कारण हुआ था। उनकी आँखों ने कम प्रकाश में पढ़ने-लिखने में सदा असहयोग किया था। यही कारण था कि वे सूर्य के प्रकाश में ही अध्ययन का कार्य कर लेते थे। अंधकार होने के पश्चात् वार्तालाप अथवा चिंतन-मनन

ही उन्हें अधिक सुविधाजनक लगता था। किंतु आज बाध्य होकर उन्होंने आँखों पर अधिक परिश्रम का भार डाला। और इस समय आँखें बंद होती-सी लग रहीं थीं। ...

इधर शत को उन्होंने बहुत दिनों के पश्चात् गोद में लिया था। वह अब काफी बड़ा हो गया था। उसे अधिक देर तक गोद में उठाए-उठाए फिरना उनकी शारीरिक क्षमता से बाहर था – वैसे भी शत सो गया था, अब उसे बिस्तर पर लिटा देना चाहिए था।

"इसका बिस्तर ठीक कर दो, अहल्या!" उन्होंने बहुत धीरे से कहा, ताकि शत उनकी आवाज से जाग न जाए।

"बिस्तर ठीक है।" अहल्या धीरे से बोली।

गौतम आगे बढ़े और बिस्तर के पास पहुँचकर शत को अपने शरीर से लगाए हुए ही झुके। उन्होंने जैसे ही शत को बिस्तर पर लिटाया, शत ने आँखें खोल दीं, "माँ!"

"यह तो जाग गया।" गौतम हताश हो गए।

अहल्या ने तुरंत शत को उठा लिया। गोद में आकर थोड़ी देर तो बालक कुनमुनाया, फिर शांत हो सो गया। अहल्या ने उसे बिस्तर पर सुलाने का प्रयत्न किया, तो वह पुनः जाग उठा, "माँ!"

"ज्वर में है।" गौतम बोले, "लगता है, गोद में ही सोएगा।"

अहल्या ने उसे पुनः गोद में ले लिया। गौतम अपने बिस्तर पर लेट गए। अत्यधिक थके होने पर भी वे सोना नहीं चाह रहे थे। अहल्या भी थकी हुई थी, और बालक ज्वर में था। वे सो गए, तो वह अकेली अस्वस्थ बालक को कैसे सँभालेगी। यदि शत रात-भर बिस्तर पर न सोया, तो अहल्या कब तक उसे गोद में लिए बैठी रहेगी। दोनों मिलकर बच्चे को सँभालें, तो एक व्यक्ति का बोझ कुछ हलका हो सकता था ... किंतु वे स्वयं कितने थके हुए थे।

तभी अहल्या ने एक बार और शत को बिस्तर पर लिटाने का प्रयत्न किया; और शत ने पुन: आँखें खोलकर कहा, "माँ!"

"लाओ, एक बार मुझे दे दो।" गौतम साहस कर, बिस्तर से उठे।

किंतु अहल्या ने शत उन्हें नहीं दिया, "आप सो जाएँ। दिन-भर के थके हैं। कल प्रात: आपको जल्दी उठना है। आप सो जाएँ, मैं शत को गोद में सुलाए रखूँगी।"

गौतम की आँखें नींद से बोझिल हो रही थीं। मन अहल्या की सहायता के लिए आतुर था। शत अकेली अहल्या को तो थका डालेगा। अहल्या को भी आराम चाहिए था। ... पर वे क्या करते, शरीर एकदम साथ नहीं दे रहा था। इस उधेड़बुन में ही बिस्तर पर लेटे हुए जाने कब वे सो गए।

प्रात: गौतम की नींद उचटी तो उन्होंने अपनी चेतना केंद्रित की। रात्रि प्राय: व्यतीत हो चुकी थी। उषा आया ही चाहती थी। उन्हें अब शैया त्याग देनी चाहिए। तनिक भी शिथिलता दिखाई, तो उजाला हो जाएगा और फिर नित्य-कर्मों के पश्चात् ठीक समय पर वे यज्ञशाला में नहीं पहुँच पाएँगे। विलंब किसी ऋषि के दैनिक कार्यक्रम में भी उचित नहीं है; और जिस आश्रम में ज्ञान-सम्मेलन हो रहा हो, उसके कुलपति का ऐसा व्यवहार तो अत्यंत लज्जाजनक माना जाएगा।

निकट ही, शत को अपने शरीर से चिपकाए, सोई हुई अहल्या को उन्होंने देखा – आज वह गहरी नींद में थी। रोज इस समय तक उसकी नींद प्राय: पूरी हो चुकती है। एक हलकी-सी आहट से वह जाग जाती है; यद्यपि शत की नींद के भंग हो जाने से, वह इतनी जल्दी उठती नहीं है। अहल्या यदि प्रात: अपने पति के साथ ही उठ बैठेगी, तो अपने समीप माँ का आभास न पाकर शत भी उठ जाएगा। बच्चा, बिना नींद पूरी किए यदि इतनी सुबह उठ

जाएगा, तो दिन-भर उनींदा-उनींदा-सा रहेगा; नींद, थकावट तथा चिड़चिड़ेपन के कारण माँ को परेशान करता रहेगा।

और संभव है, अभी शत का ज्वर भी न उतरा हो। ... एक बार तो गौतम के मन में आया कि वे शत के माथे पर हाथ रखकर उसके ज्वर की परख कर लें, किंतु फिर यह विचार छोड़ दिया। सोया है, सोया रहे। ज्वर देखने-देखने में यदि कहीं जाग गया, तो सारी व्यवस्था गड़बड़ा जाएगी। ... पता नहीं, बेचारी रात को किस समय सोई है।

गौतम बहुत धीरे से बिस्तर में से निकले और उन्होंने निःशब्द कुटिया का द्वार खोला। एक बार कुटिया के भीतर दृष्टि डाल, उन्होंने अहल्या और शत को देखा, और स्नान करने के लिए नदी की ओर चल पड़े।

12

इंद्र आश्रम-द्वार पर स्वागत करती हुई अहल्या को देखते ही बुरी तरह विचलित हो गया था। वह भूल गया कि वह इंद्र है – आर्य ऋषियों का पूज्य अभ्यागत, जिससे सच्चरित्रता की कुछ विशेष अपेक्षाएँ हैं। वह भूल गया कि वह यहाँ आमंत्रित होकर आया है; और यह आर्यावर्त्त का एक पवित्र आश्रम है। अहल्या इस आश्रम के कुलपति की धर्म-पत्नी है; और वह अपने पति के प्रति पूर्णत: निष्ठावान है।

वह सब-कुछ भूल गया। याद रहा केवल कामुक मन का चीत्कार। स्वागत के पश्चात् विदा होते हुए उसने अहल्या पर अपने वैभव का जाल फेंका था और उसे अपने एक वाक्य से याद दिलाया था कि अत्यंत रूपवती स्त्री होते हुए वह एक कंगाल ऋषि से बँधी हुई, व्यर्थ ही इस वन में कष्ट उठा रही है। भला ऐसी अद्वितीय सुंदरी का वैभव, समृद्धि तथा विलास के उपकरणों से वंचित, इस प्रकार इस वन में पड़े रहने का क्या अर्थ? ऐसी सुंदरी के महत्त्व को कोई जड़ ऋषि क्या समझेगा! उसका आनंद तो काम-कला-प्रवीण इंद्र जैसा कोई समृद्ध और वैभवशाली व्यक्ति ही उठा सकता है। ऋषि को संतान उत्पन्न करने के लिए कोई स्त्री चाहिए ही, तो इंद्र उसे अपनी कोई साधारण दासी दे देगा! ...

किंतु अहल्या का उत्तर उसके लिए तनिक भी उत्साहवर्धक नहीं था। पहले ऐसे अनेक अवसरों पर अनेक रूपसी युवतियों के मुख से, विलासाकांक्षा की लार टपक पड़ी थी; किंतु इंद्र ने स्पष्ट देखा था कि उसकी बात सुनकर अहल्या उत्साहित होने के स्थान पर कहीं आहत हो गई थी। ... पर उससे क्या? इंद्र क्या ऐसी असाधारण

सुंदरी को प्राप्त करने का मोह केवल इसलिए छोड़ देगा कि वह सुंदरी एक साधारण जड़, कंगाल ऋषि की पत्नी है और उससे प्रेम करती है। इंद्र इतना मूर्ख नहीं है ...

उसके मन में एक बार उपस्थित ऋषियों का भय जगा – वे लोग उससे रुष्ट हो सकते हैं। क्रुद्ध होकर उसे शाप भी दे सकते हैं। शाप ... और इंद्र का मन भीतर-ही-भीतर कहीं उपहास की हँसी हँस पड़ा। इन बुद्धिजीवियों ने भी शासन से पृथक् अपनी स्वतंत्र सत्ता बनाए रखने के लिए एक-से-एक विचित्र युक्तियाँ सोच निकाली हैं। शाप ... जो दंड शासन दे, वह दंड; और जो दंड कोई बुद्धिजीवी किसी को दे, वह शाप। प्रत्येक शासन के पास दंड को कार्यान्वित कराने के लिए भौतिक बल होता है, उपकरण होता है; पर यदि शासन इनको संरक्षण न दे तो ऋषियों के पास ऐसी कौन-सी शक्ति है, जिससे वे अपने शापों को कार्यान्वित करा सकें?

प्रत्येक शासन ने ऋषियों को महत्त्व दिया था कि ये लोग सामान्य-जन के विरुद्ध शासन का पक्ष लें और जन-सामान्य के शोषण तथा दलन में शासन के सहायक हों – नहीं तो इन्हें इतना आदर-मान देने की सार्थकता ही क्या है। किसी भी शासन में जब तक बुद्धिजीवी शासन का साथ देते हैं, तब तक शासन कितने सुचारु रूप से चलता है। शासक प्रजा के शरीर पर शासन करता है, बुद्धिजीवी उसके मन को बहकाए रखता है। प्रजा न तो अपनी दयनीय स्थिति, अपने शोषण के प्रति जागरूक होती है, न अपने अधिकारों के प्रति सचेत। कहीं कोई उपद्रव नहीं होता। सब ओर शांति बनी रहती है। इस उपद्रवहीन स्थिति में शासक सुखी रहता है, और अनेक प्रकार के उत्कोच एवं सुविधाएँ देकर ऋषियों को भी प्रसन्न रखता है।

किंतु ऋषि अब शासन से भी स्वतंत्र होना चाहते हैं। अपने शापों के भय से सत्ता को भी भयभीत करना चाहते हैं ... इंद्र ऐसे दंभी लोगों

से न तो डरता है और न उनका सम्मान करता है। ऊँची उड़ान भरने के आकांक्षी इन गरुड़ों के पर कतरकर वह उन्हें चींटियाँ बना देगा!

यदि वे समझते हैं कि मिथिला में इंद्र की नहीं, सीरध्वज को सत्ता है, तो इंद्र उनका यह भ्रम भी दूर कर देगा। इंद्र जितने सैनिक अपने साथ लाया है, वे सीरध्वज की पूरी सेना को कई दिनों अटकाए रखने के लिए पर्याप्त हैं। यदि सीरध्वज ने उसके विरुद्ध ऋषियों का पक्ष लेने का प्रयत्न किया, तो वह आर्य राजाओं से संधि की चिंता किए बिना सीरध्वज को धूल चटा देगा।

कुटीर में विलास के वे साधन उपलब्ध नहीं थे, जिनका इंद्र अभ्यस्त था; किंतु मदिरा का प्रबंध गौतम ने कर दिया था। यही बहुत था, नहीं तो सामान्यत: आश्रमों में पीने के लिए केवल दूध ही मिलता था। इंद्र को सदा लगता था कि जब कभी इन आश्रमों में वह गया है, दूध पी-पीकर बीमार हो गया है। कहाँ मदिरा और कहाँ दूध! पर आश्रमों से इंद्र अपना संबंध तोड़ भी नहीं सकता। आर्य-संस्कृति के प्रचारक आश्रम देव-सत्ता के पोषक थे। इनके निमंत्रण अस्वीकार कर, इनसे संबंध तोड़कर इंद्र अपनी शक्ति क्षीण नहीं कर सकता। ... फिर इंद्र अपने मन से भी बाध्य था। आश्रमों में रहने वाली देव-बालाओं से भी सुंदर ऋषि-कन्याएँ और ऋषि-पत्नियाँ, दर्शन मात्र से इंद्र के उष्ण रक्त का संचार तीव्रतर कर देती थीं। इंद्र सब-कुछ छोड़ सकता था, किंतु ऋषि-पत्नियों तथा ऋषि-कन्याओं का आकर्षण नहीं छोड़ सकता था।

इंद्र के मस्तिष्क में अहल्या का अलौकिक सौंदर्य जागा। वह मदिरा के पात्र पर पात्र पीता जा रहा था। उसका रक्त और-और उष्ण होता जा रहा था, मन आतुर। उसका शरीर काम के तनाव से तनता जा रहा था। ... इंद्र अहल्या को प्राप्त करेगा ही, जैसे भी हो वह अहल्या को प्राप्त करेगा ...

आश्रम में पहली संध्या इंद्र ने बड़ी व्याकुलता में काटी। समय कट नहीं रहा था, और मदिरा क्रमशः कम होती जा रही थी। अहल्या ने इंद्र के देव-रूप, उसके पद, वैभव तथा उसकी सत्ता के प्रति किसी प्रकार के सम्मोहन का संकेत तो नहीं ही दिया, वह तो एक बार अपनी कुटिया में समाई, तो दिखाई ही नहीं पड़ी। गौतम ने बड़ा अच्छा किया कि उसे अपनी कुटिया के साथ वाले कुटीर में ठहराया था। वह अपने गवाक्ष में से प्रतिक्षण गौतम की कुटिया पर दृष्टि रख सकता था। उस कुटिया के भीतर अहल्या थी – अहल्या। यदि कहीं गौतम की कुटिया का गवाक्ष भी खुला होता, तो इंद्र यह भी देख पाता कि अहल्या क्या कर रही है। वह उसे कोई इंगित भी कर सकता था, बुलाने का कोई प्रयत्न भी।

रात गहराती गई और इंद्र मदिरा पीता चला गया। साथ ही गौतम की कुटिया थी और कुटिया में अहल्या ... कितनी बार उसका मन हुआ कि वह सीधा गौतम की कुटिया में घुस जाए ... पर नशे में भी इतना चेत उसे था ही कि कुटिया में गौतम भी थे। गौतम शारीरिक शक्ति में उससे हलके नहीं थे और चाहे उनके पास वज्र न हो, खड्ग तथा धनुष-बाण जैसे साधारण शस्त्रों का वे पर्याप्त दक्षता से प्रयोग कर सकते थे।

इंद्र मदिरा पीता रहा और अहल्या की अपने निकट, विभिन्न रूपों और मुद्राओं में कल्पना करता रहा। अहल्या ...

बड़ी रात गए नशे में ढुलककर, इंद्र अस्त-व्यस्त हो गया।

13

इंद्र की नींद बहुत जल्दी टूट गई। वह बहुत कम सो पाया था। उतना, जितना उसे नशे ने सुलाए रखा था। जागते ही उसने नशा टूटने की थकान का अनुभव किया। ... पर वह पुनः मदिरा नहीं पी सकता था। आश्रम में अभी चारों और अंधकार था, किंतु दैनिक जीवन आरंभ होने की विभिन्न ध्वनियाँ आ रहीं थीं। आज सम्मेलन का आरंभ था। प्रायः आश्रमवासी तथा अभ्यागत लोग जाग उठे थे और सम्मेलन में सम्मिलित होने की तैयारी कर रहे थे।

तभी इंद्र ने अपने गवाक्ष में से देखा – गौतम अपनी कुटिया में से निकले और उन्होंने कुटिया का द्वार भिड़ा दिया। इंद्र के शरीर का सारा रक्त उसके मस्तिष्क की ओर दौड़ चला – अहल्या कुटिया में अकेली है।

पर इंद्र इतना मूर्ख नहीं था कि यह न देख सकता कि कुटिया में प्रकाश था और कदाचित् अहल्या जाग रही थी। तभी कोई स्त्री कुटिया में आई; और बालक उसे सौंपकर, अहल्या कुछ अन्य आश्रमवासी स्त्रियों के साथ स्नान करने चली गई।

उस दिन इंद्र सम्मेलन के आरंभ में होने वाले यज्ञ में उपस्थित था। किंतु उसका ध्यान एक क्षण के लिए भी किसी अन्य दिशा में नहीं गया। सामने कुलपति के साथ अहल्या बैठी थी। वह उसे आँखों के मार्ग से निगलता जा रहा था, जाने फिर वह इतने निकट से अहल्या को देख पाए न देख पाए। जाने फिर अहल्या किसी समारोह में भाग ले, न ले ... देख ले इंद्र, देख ले – आँखों से ही सही, उसके रूप का रसपान कर ले।

यज्ञशाला से उठकर इंद्र वापस अपने कुटीर में चला आया। वह फिर किसी समारोह में नहीं गया। उसका शरीर फुँक रहा था और मस्तिष्क में धुआँ ही धुआँ था। वह पुन: मदिरा का पात्र लेकर बैठ गया ... और उसे अपने चारों ओर अहल्या दिखाई पड़ रही थी ... पर अहल्या दिन-भर अपनी कुटिया में नहीं लौटी। वह बाहर ही व्यस्त रही। गौतम भी नहीं आए। शत को सवेरे ही एक स्त्री ले गई थी – यह इंद्र ने अपनी आँखों से देखा था।

उसने सारा दिन अवसाद की उधेड़बुन में किसी प्रकार काट दिया। रात होते-होते उसका चिंतन एक विशेष दिशा में चल पड़ा था। उसने अच्छी तरह देख लिया था कि अहल्या उस पर थूकना भी पसंद नहीं करती। वह उसके पहली संध्या के क्षणभर के व्यवहार से ही इतनी वितृष्णा से भर उठी थी कि उसके प्रति अभ्यागत के शिष्टाचार का निर्वाह करने की भी आवश्यकता नहीं समझी थी। प्रात: यज्ञ-कुंड के पास बैठे हुए, उसने अपना ध्यान अग्नि की ओर इतनी सावधानी से केंद्रित कर रखा था कि कहीं भूल से भी उसकी दृष्टि इंद्र पर न पड़े ... इंद्र यदि यह समझता है कि अहल्या उसके रूप, वैभव, पद अथवा सत्ता से प्रभावित होकर उसके पास आ जाएगी, तो यह उसका भ्रम है! अहल्या अपने आप उसके पास कभी नहीं आएगी, कभी नहीं! वह उससे घृणा करती है, इंद्र को ही उसके पास जाना होगा। जब तक यह सम्मेलन चल रहा है, इंद्र तभी तक यहाँ है। सम्मेलन के इन दिनों में कुलपति की पत्नी अहल्या कुछ इतनी व्यस्त रहेगी कि कुटिया में वह एक क्षण के लिए भी अकेली नहीं मिलेगी। कुटिया से बाहर, जहाँ कहीं भी वह होगी, अकेली नहीं होगी; उसके निकट अनेक आश्रमवासी और अभ्यागत होंगे ...

तो क्या वह निराश लौट जाए? ... असफल? ... इंद्र होकर भी असफल? ... इंद्र एक साधारण ऋषि-पत्नी को प्राप्त करने में

असफल हो जाएगा? एक कंगाल ऋषि की पत्नी में इतना दंभ कि वह इंद्र के काम-आह्वान को इस प्रकार ठुकरा दे! ... इंद्र को सहज नहीं तो असहज ढंग से अहल्या को प्राप्त करना होगा ... उसे कुछ असाधारण करना होगा ...

इंद्र के मस्तिष्क में वे कुछ क्षण घूम गए, जब प्रात: अँधेरे-अँधेरे में ही गौतम स्नान के लिए कुटिया से निकल गए थे, और अहल्या कुटिया में अकेली रह गई थी ... कुछ क्षणों के लिए ही सही, पर वह अकेली ही थी ... उसके लिए वही एक अवसर था ... आज उसे चूकना नहीं था ...

आधी रात के समय से ही इंद्र सन्नद्ध होकर अपने कुटीर के गवाक्ष के पास बैठ गया। उसके मन का कोई अंश बार-बार उसके निर्णय के विरुद्ध विद्रोह कर रहा था, किंतु वह उसकी बात सुनने को प्रस्तुत नहीं था। जब भी वह क्षीण-सा स्वर उसके भीतर कहीं उठा, उसने उस पर मदिरा का एक मात्र ढाल दिया ... इस स्वर को सुनने का उसे कोई लाभ नहीं था। आज वह अहल्या को प्राप्त करके ही रहेगा ...

समय बीत ही नहीं रहा था, और उसे बैठकर प्रतीक्षा करने की आदत नहीं थी। उसके तो इंगित मात्र पर सुंदरी से सुंदरी अप्सरा सेवा में उपस्थित हो जाती थी ... पर अहल्या की बात ही और थी। उसके सौंदर्य से किसी अप्सरा की तुलना नहीं हो सकती। अहल्या का गठा हुआ परिश्रमी शरीर, उसका वह सात्विक तेज, उसकी बड़ी-बड़ी आँखों में संतुष्टि का वह ठहराव ...

सहसा इंद्र सचेत हो गया। अभिसारिकाओं के प्रेम में दक्ष इंद्र ऐसी ध्वनियों को सहज ही समझ लेने में पारंगत था ... कदाचित् गौतम शैया से उठे थे। यह उन्हीं की आहट होनी चाहिए। अभी एक क्षण में कुटिया का द्वार खुलेगा, गौतम बाहर चले जाएँगे। कुटिया का द्वार भिड़ा होगा, और भीतर होगी अहल्या – अकेली, निस्सहाय, असुरक्षित!

इंद्र उठकर खड़ा हो गया।

कुछ ही क्षणों में गौतम ने कुटिया का द्वार बहुत धीरे से खोला और बाहर निकल आए। आज कुटिया में कल के समान प्रकाश नहीं था, न ही भीतर किसी के जगे होने की आहट थी। गौतम का अतिरिक्त सावधानी से निःशब्द कुटिया से बाहर निकलना, और बिना किसी ध्वनि के द्वार को भिड़ा देना ... क्या इसका अर्थ है कि अहल्या अभी तक सोई हुई है, और गौतम नहीं चाहते थे कि वह किसी ध्वनि से जाग उठे ... कदाचित् रात अहल्या देर से सोई हो। इंद्र को ऐसा कुछ आभास तो हुआ था, किंतु नशे में उसने इस ओर ध्यान नहीं दिया था।

उसके शरीर का रक्त एकदम उफन पड़ा ... कुटिया में अकेली अहल्या और वह भी सोई हुई ... इंद्र की शिराओं का सारा रक्त मदिरा में बदल गया।

गौतम बड़ी तेजी से कुटिया से दूर चले गए थे। कुटिया के आस-पास और कोई नहीं था। कुटिया में पूरी तरह सन्नाटा था। इंद्र एक भी क्षण नष्ट नहीं कर सकता था। विलंब उसके लिए अत्यंत घातक होता।

वह बेतहाशा भागा। उसने गौतम की कुटिया का भिड़ा हुआ द्वार खोला और भीतर घुसकर बंद कर लिया। उसने पलटकर देखा, शत को अपने साथ चिपकाए अहल्या गहरी नींद में सोई पड़ी थी। वह धीरे, किंतु सधे हुए पगों से उसकी ओर बढ़ा।

14

किसी के स्पर्श ने अहल्या को उसकी प्रगाढ़ निद्रा की स्थिति से निकालकर, हलकी-झीनी नींद में पहुँचा दिया। अपनी उस झीनी नींद में उसकी संवेदना की एक परत जाग रही थी। उसने अनुभव किया, कोई उसके शरीर का स्पर्श कर रहा है, आलिंगन कर रहा है, चुंबन कर रहा है, उसके वस्त्र शिथिल हो रहे हैं। ... उसके अजागरूक मस्तिष्क ने अभ्यासवश ही शरीर को शिथिल छोड़ दिया था। ... किंतु उसका सोया हुआ मस्तिष्क भी प्रक्रिया की भिन्नता का अनुभव कर रहा था। उसके शरीर का स्पर्श करने वाला हाथ, गौतम के प्रेमभरे हाथ से भिन्न, आक्रामक हाथ था। आलिंगन में स्नेह का संतोष न होकर, शोषण की भूख थी; चुंबन अपेक्षाकृत अधिक हिंस्र थे ... उसका मन सावधान हो गया – रात्रि के अंतिम प्रहर में, उसके स्वामी ने कभी कामदेव का स्मरण नहीं किया था। वे इस समय सूर्यदेव का आह्वान करते थे

अहल्या ने झटके से आँखें खोलकर क्षीण पड़ते हुए उस अंधकार की हलकी परतों में उस पुरुष को देखा। निमिष-भर में ही वह इंद्र की कामुकता से विकृत नग्न आकृति को पहचान गई ... अहल्या के कंठ से एक विकट चीत्कार फूटा और उसके हाथ-पाँव अपने शरीर पर लदे आते हुए इंद्र के शरीर से संघर्ष करने लगे ।

अहल्या की चीख और दो शरीरों के संघर्ष की हिल-डुल से शत की आँखें खुल गईं और साथ ही उसका गला भी खुल गया। पाँच वर्षों का बालक शत साफ-साफ देख रहा था कि कुटिया में उपस्थित व्यक्ति उसका पिता न होकर कोई और पुरुष था, जिसके

चेहरे पर अत्यंत दुष्ट भाव थे। फिर उसकी माँ उस पुरुष से लड़ रही थी और उसके चुंगल से मुक्त होने का प्रयत्न कर रही थी। शत जोर-जोर से रोता चला गया ...

अहल्या चीखती रही, चिल्लाती रही, हाथ-पैर पटकती रही, अपने दाँतों तथा नखों से इंद्र के साथ लड़ती गई ...

किंतु इंद्र उस पर हावी होता गया। इंद्र ने उसके केशों को अपने बाएँ हाथ की मुट्ठी में इस प्रकार जकड़ रखा था कि वह अपना सिर तनिक भी नहीं हिला सकती थी। उसकी जंघा को अपने बलिष्ठ घुटने के नीचे दबाकर, इंद्र ने उसके शरीर को कीलित कर दिया था। अहल्या पूरी तरह असमर्थ हो चुकी थी ...

सहसा इंद्र कुटिया के द्वार पर निरंतर बढ़ते हुए शोर के प्रति सजग हुआ। कदाचित् बाहर लोग जमा हो चुके थे और उन्होंने कुटिया के द्वार को खोलने का प्रयत्न भी किया था ... किंतु द्वार भीतर से बंद था। जाने क्यों, वे लोग कुटिया का द्वार तोड़ने में संकोच कर रहे थे। संभव है, वे कुलपति की आज्ञा की प्रतीक्षा कर रहे हों। पर वे किसी भी क्षण द्वार तोड़ सकते थे। अब इंद्र को भाग जाना चाहिए था।

15

गौतम स्नान कर लौटे, तो आश्रम में उन्हें एक प्रकार की अव्यवस्था-सी दिखाई पड़ी। कुछ-न-कुछ असाधारण अवश्य था। कुटिया के पास आए, तो स्थिति सबसे अधिक असाधारण थी। उनकी कुटिया के सामने भीड़ थी ... गौतम का मन धक् रह गया – क्या बात है ... शत को तो कहीं कुछ ... पर शत का ज्वर कोई ऐसा गंभीर तो नहीं था ... थोड़ी देर पहले तो वे उसे ठीक-ठाक सोता हुआ छोड़कर गए थे ...

किंतु अहल्या का यह चीत्कार और उसकी ऊँची-से-ऊँची चीख से होड़ लेता हुआ शत का स्वर ... यह कैसी पीड़ा है! ... कुटिया के द्वार पर खड़े आश्रमवासी और अभ्यागत ऋषि-मुनि। घटना का अंग होते हुए भी ये कितने तटस्थ खड़े हैं – दर्शक मात्र, तटस्थ ... कर्ता नहीं ...

गौतम कुटिया तक पहुँचते, उससे पहले ही भीतर से द्वार खुला और इंद्र बाहर निकला – अस्त-व्यस्त वस्त्र और मुद्रा। मुख और भुजाओं पर लगी खरोंचें, रक्त के छोटे-छोटे बिंदु, जैसे किसी से हिंस्र मल्लयुद्ध करके आया हो ... इससे पूर्व कि इस अप्रत्याशित दृश्य को ग्रहण कर, गौतम की चेतना किसी निष्कर्ष पर पहुँचती, इंद्र ने तनिक संकोच से उन्हें एक क्षणांश तक देखा और निर्लज्जता और धृष्टता से एक वाक्य भीड़ की ओर उछाल दिया, "पहले स्वयं बुला लिया और अब नाटक कर रही है ..."

इंद्र निमिष भर भी नहीं रुका। ऋषियों, तपस्वियों तथा आश्रमवासियों को धकियाता हुआ, सीधा अपने विमान तक पहुँचा; और जब तक कोई सँभल सके, उसका विमान पृथ्वी से ऊपर उठ गया।

बिजली की चमक और कड़क के साथ, सारी स्थिति गौतम के सम्मुख कौंध गई। वे जड़ हो गए।

कोई अपनी जगह से नहीं हिला। सब ओर निस्पंदता थी। समस्त दृष्टियाँ गौतम के चेहरे पर स्तंभित हो गईं, शत के क्रंदन और अहल्या की सिसकियों का स्वर नियमित अंतराल से लगातार आ रहा था ...

थके-टूटे गौतम कुटिया की ओर बढ़े। अहल्या ने एक बार मुख उठाकर उनकी ओर देखा और बोली, "मैं सर्वथा निर्दोष हूँ, प्रिय!"

उसका कंठ अवरुद्ध हो गया। मुख हथेलियों में छिप गया।

गौतम की चेतना अनुभूतिशून्य हो गई थी। वे कुछ भी अनुभव करने में असमर्थ थे – सुख-दुःख, हँसी-क्रंदन, झूठ-सच, करुणा-घृणा ... कुछ नहीं। एक निर्जीव यंत्र मात्र थे। अपनी उसी यांत्रिक स्थिति में आगे बढ़कर उन्होंने रोते हुए शत को उठा लिया। शत ज्वर में तप रहा था। निरंतर रोने तथा ताप के कारण उसका कंठ और होंठ बुरी तरह सूख गए थे।

शत ने पिता को अपनी पूरी शक्ति से भींच लिया, वह उनसे भीत पक्षी-शावक के समान चिपक गया था। अंततः, उसका भय वाणी में फूटा, "हमें अकेले छोड़कर मत जाना, पिताजी!"

"नहीं, पुत्र, नहीं!" गौतम ने शत को थपथपाया, "मैं अब कहीं नहीं जाऊँगा।"

गौतम सहज होने का प्रयत्न कर रहे थे।

क्या धर्म था उनका?

इंद्र जाते-जाते कह गया था, "पहले स्वयं बुला लिया और अब नाटक कर रही है ..." पर यह कहते हुए कितनी प्रवंचना थी उसके चेहरे पर। अपना अपराध छिपाने के लिए जाते-जाते वह अहल्या पर लांछन लगा गया। इंद्र ने चाल चली हैं। अहल्या को

लांछित कर वह अपने आतिथेय ऋषि की पत्नी के साथ बलात्कार जैसे गंभीर अपराध तथा पाप को छिपा जाना चाहता है ...

"किंतु," संदेह ने सिर उठाया, "वे क्यों मान रहे हैं कि इंद्र ने मिथ्या-कथन किया है? पूर्वाग्रहयुक्त बुद्धि तो सत्य का अन्वेषण नहीं कर सकती ..." पर संदेह का तर्क खोखला है। अहल्या को वे अच्छी तरह जानते हैं। आठ-नौ वर्षों के वैवाहिक जीवन में क्या वे अहल्या को इतना भी नहीं पहचान पाए? अहल्या में काम-दुर्बलता नहीं है, न ही उसे किसी का धन-ऐश्वर्य अथवा पद सम्मोहित कर सकता है। ... आश्रम में आते ही इंद्र ने अहल्या पर कैसी लोलुप दृष्टि डाली थी, उसके सम्मुख अपने ऐश्वर्य का जाल बिछाया था। यदि अहल्या में दुर्बलता होती तो उसका व्यवहार भिन्न होता। वह शालीनतावश भी इंद्र का दुष्ट व्यवहार हँसकर स्वीकार कर सकती थी, किंतु वह घृणा और जुगुप्सा से भर उठी थी। अपनी घृणा को उसने छिपाया भी नहीं था ... दूसरे दिन यज्ञशाला में पवित्र अग्नि के सम्मुख बैठकर इंद्र का तनिक भी ध्यान ब्रह्म-चिंतन की ओर नहीं था। वह सार्वजनिक रूप से निर्लज्जतापूर्वक अहल्या को अपनी आँखों से निगल रहा था। ... ज्ञान-समारोह में इंद्र ने कोई भाग नहीं लिया था, वह अपने कुटीर में बैठा, मदिरा पीता रहा था। ... गौतम कैसे यह स्वीकार कर लें कि इंद्र सच्चा है और अहल्या झूठी? नहीं, इंद्र झूठा है, प्रवंचक है, अन्यायी है, अत्याचारी है ...

शत को गोद में लिए, गौतम धीमे पगों से बढ़कर, अहल्या के समीप आए। उन्होंने अहल्या के सिर पर हाथ रखा, उसके केशों को सहलाया, "अहल्या!"

अहल्या ने हथेलियाँ हटाईं, गौतम की ओर देखा। गौतम के चेहरे पर प्रेम, करुणा और संवेदना थी। वह खड़ी हो गई। उसने

क्षणभर गौतम की आँखों में देखा और टूटकर गिरे हुए पेड़ के समान, उनकी छाती से जा लगी, "मेरा तनिक भी दोष नहीं, आर्यपुत्र!"

"जानता हूँ, देवि!" गौतम की आँखें भर आईं, "अच्छी तरह जानता हूँ। सफाई की तनिक भी आवश्यकता नहीं। उस दुष्ट के अत्याचार का प्रतिकार करना होगा।"

अहल्या मौन रही। वह फटी-फटी आँखों से अपने पति के तेजस्वी चेहरे को देख रही थी – इंद्र के अत्याचार का प्रतिकार? इंद्र देवराज है, समस्त देव-जातियाँ उसके प्रति पूज्य-भाव रखती हैं, समस्त आर्य सम्राट् उसे अपना संरक्षक मानते हैं। वह जिससे बात कर लेता है, वही सम्राट् कृतकृत्य हो जाता है। ऐसे देवराज से उसके पति कैसे प्रतिशोध लेंगे? एक साधारण ऋषि! सीरध्वज का उनके प्रति किंचित् मैत्री-भाव अवश्य है, किंतु ऐसा संबंध तो उनका किसी भी शासक से नहीं कि कोई उनका पक्ष लेकर इंद्र के विरुद्ध उठ खड़ा हो और किसके पास इतनी शक्ति है कि वह युद्ध में इंद्र को ललकार सके! ...

पुत्र को गोद में लिए, पत्नी को वक्ष से लगाए, गौतम मौन खड़े थे, किंतु उनका मन वहाँ नहीं था। पहले झटके में वे मात्र स्तंभित हुए थे, अब क्रमशः स्तंभन क्षीण हो रहा था। जड़ावस्था समाप्त हो रही थी और उनके मन में एक पीड़ा उभर आई थी। क्रमशः वे अनुभव कर रहे थे कि इंद्र ने उनको कितना अपमानित, पीड़ित और प्रवंचित किया था ... अहल्या! जो उनकी संपूर्ण कोमल भावनाओं, प्रेम तथा संवेदनाओं की पुंजीभूत मूर्ति थी, उसके साथ इंद्र ने बलात्कार किया था ... अहल्या के मन में कितनी पीड़ा होगी! उसकी इच्छा के सर्वथा विरुद्ध, संपूर्ण शक्ति के साथ विरोध करते रहने पर भी, एक पुरुष ने केवल अपने पशुबल के आधार पर उसका भोग किया था। क्या सोचती होगी अहल्या? सतीत्व की रक्षा के जो संस्कार पीढ़ियों से उसे दिए गए

हैं, और जो इस समय उसके जीवन-मरण का प्रश्न है, वह सतीत्व भंग किया है इंद्र ने।

और सहसा गौतम का तेज जागा ... उनकी भृकुटियाँ वक्र हो उठीं, मुख लाल हो गया, आँखों में अग्नि जल उठी – "इंद्र से प्रतिशोध लिया जाएगा ... प्रतिशोध ... !"

"चलो, अहल्या! बाहर चलें।" गौतम ने कोमल तथा स्नेहमयी वाणी में कहा, "हम ऋषि-समाज के सम्मुख चलें।"

पुत्र को उसी प्रकार गोद में लिए, अहल्या को सहारा देते हुए, गौतम धीरे-धीरे कुटिया से निकलकर बाहर आए। द्वार से निकल, एक बार रुककर उन्होंने देखा, सारा ऋषि-समाज एकत्रित था, उसी प्रकार जिस प्रकार छोड़कर वे कुटिया के भीतर गए थे। तब जिनको सूचना नहीं मिली थी, वे भी अब वहाँ उपस्थित थे।

अहल्या पुनः संकुचित हो उठी। सारा उपस्थित समाज जानता है कि इंद्र ने बलात् उसका भोग किया है। यह समाज बिखरकर देश के विभिन्न कोनों में फैल जाएगा, तब सारा देश इस बात को जान जाएगा ... उसकी हथेलियाँ अनायास ही उठीं, और उसका चेहरा उनमें ढप गया ...

"संकुचित मत होओ, अहल्या!" गौतम ने कहा ।

गौतम देख रहे थे, वातावरण पूरी तरह स्तब्ध था। कोई किसी से कुछ नहीं कह रहा था। सबकी आँखें अहल्या पर टँगी थीं और चेहरे भाव-शून्य थे। उनकी प्रतिक्रिया के विषय में कुछ भी नहीं कहा जा सकता था।

"उपस्थित तपस्वि-समाज!" गौतम ने ऊँचे स्वर में कहना आरंभ किया, "दुष्ट देवराज ने मेरी पत्नी का अपमान किया है। इंद्र का यह अपराध अहल्या के विरुद्ध ही नहीं, मेरे विरुद्ध भी है। यह पवित्र नारी-जाति का अपमान भी है, और आश्रमों की पवित्रता

तथा ऋषि-समाज की दुर्बलता का उपहास भी। यदि नीच इंद्र को इस अपराध का दंड नहीं दिया गया, तो पृथ्वी पर किसी भी स्त्री का सतीत्व सुरक्षित नहीं रहेगा, कोई ऋषि सम्मानित नहीं रहेगा, कोई आश्रम पवित्र नहीं रहेगा। तपस्विगण! आप सब प्रबुद्ध, स्वतंत्र एवं न्यायपूर्ण बुद्धि से निर्णय लेने में समर्थ हैं। आपके सम्मुख मैं देवराज इंद्र पर दुश्चरित्र होने का अभियोग लगाकर आपसे प्रार्थना करता हूँ कि आप न्याय करें और इंद्र को देवराज, देव-संस्कृति के पूज्य तथा आर्य-ऋषियों के संरक्षक के पद से पदच्युत कर दें ...।"

गौतम ने अपनी बात पूरी कर देखा, आधे लोग चुपचाप खिसक गए थे। ये वे लोग थे, जो अपना पल्ला बचाने के लिए तटस्थ, निर्विकार तथा उदासीन होने का अभिनय करते हैं। राह चलते मार्ग में तमाशा देखने के लिए उत्सुक भीड़। जब तक तमाशा होता रहा, देखते रहे; और जैसे ही न्याय ने अपने पक्ष में कर्म का आह्वान किया, उनके कंधों पर दायित्व डालने का प्रयत्न किया, निर्विकार हो गए।

शेष के सामने प्रश्न था कि कौन प्रमाणित करेगा कि इंद्र जो कह गया है, वह झूठ था। संभव है कि वह सच ही कह रहा हो।

एक वर्ग का मत था कि अहल्या को निर्दोष मान लिया जाए, तो भी उसका सतीत्व-भंग हो ही चुका था। दोष किसी का भी हो, वह पतित हो चुकी थी। उसका उद्धार संभव नहीं था – इंद्र को दंडित किया जाए अथवा न किया जाए।

एक अन्य वर्ग का मत था कि इंद्र तो इंद्र था, उसे कौन दंडित कर सकता है, उसे दंड देना सूर्य पर थूकना है।

16

चिंतक, दार्शनिक, ब्रह्मज्ञानी, तपस्वी, ऋषि, मुनि, आचार्य, ब्रह्मचारी, मित्र, बंधु अभ्यागत एक-एक कर सभी चले गए।

आहत, अपमानित, विषादग्रस्त गौतम, शत को गोद में लिए, अहल्या के साथ अकेले रह गए। उनके भीतर आक्रोश जागता, उत्साह उन्हें बल देता और वे इंद्र तथा इस संपूर्ण ऋषि-समुदाय से प्रतिशोध लेने की बात सोचते; और दूसरे ही क्षण उनकी आत्मा दीन हो जाती, उत्साह-शून्य तथा ऊर्जाहीन; अपनी असहायता पर उनका मन रोने-रोने को हो उठता।

तभी बड़ी देर के स्तंभित मौन को तोड़कर शत हलके-हलके सिसका। गौतम और अहल्या दोनों का ध्यान बालक की ओर गया।

"भूख लगी है।" शत विधिवत् रोने लगा।

अहल्या ने अभ्यासवश शत को गोद में लेने के लिए भुजाएँ आगे बढ़ा दीं, किंतु दूसरे ही क्षण उसने भुजाएँ वापस लौटा लीं और सिर झुका दिया।

गौतम का मन पत्नी और पुत्र, दोनों ही के प्रति करुणा से आप्लावित हो उठा। बच्चा ज्वरग्रस्त था, सुबह से भूखा था और इस छोटी-सी आयु में अत्यंत पीड़ादायक अनुभवों के अनसमझे झटके झेल चुका था; दूसरी ओर माँ इतनी विक्षिप्त हो रही थी कि बच्चे के प्रति अपनी ममता को पहचान नहीं रही थी। ... अब सिवाय गौतम के इनकी देखभाल करने वाला और कौन था? गौतम इन्हें दूसरों के सहारे नहीं छोड़ सकते ...

"चलो, अहल्या!" उन्होंने कसकर अहल्या की भुजा पकड़ी और उसे बलात् कुटिया की ओर बढ़ाया।

अहल्या उनके सहारे पर लदी-लदी-सी, घिसटती हुई कुटिया की ओर चल रही थी। उसकी समझ में नहीं आ रहा था कि उसकी ऊर्जा कहाँ गई; वह कैसे इतनी निष्प्राण हो गई है!

गौतम ने कुटिया में लाकर उसे बिस्तर पर बिठा दिया, उसी बिस्तर पर, जिस पर इंद्र ने उसके साथ अत्याचार किया था। अहल्या निष्प्राण-सी चुपचाप बैठ गई। उसने आँखें उठाकर केवल इतना देखा कि गौतम शत को कुछ खिलाने-पिलाने का प्रबंध कर रहे थे।

17

उपकुलपति अमितलाभ का मन बल्लियों उछल गया। वे तो बहुत थोड़े-से की इच्छा कर रहे थे और यहाँ ऐसा अवसर आया था कि उनकी आकांक्षा से बहुत अधिक उन्हें सहज ही मिल सकता था।

गौतम चाहे कितने ही बड़े ऋषि क्यों न हों, इस समय वे विकट परिस्थितियों से घिर गए थे। इंद्र से सहज ही उनका वैर हो गया था – ऐसा वैर कि उन दोनों में किसी भी समय द्वंद्व-युद्ध हो सकता था। कोई अन्य व्यक्ति इन दोनों में से एक का शत्रु बनकर दूसरे का मित्र बन सकता था। इंद्र से वैर का तात्पर्य था – प्राय: समस्त देव एवं आर्य शक्तियों की अमित्रता। फिर ऋषि-समुदाय में भी गौतम का अब वह सम्मान नहीं रहा। इस घटना की सूचना पाते ही उन्होंने अहल्या को शाप दे दिया होता, या उसे त्याग दिया होता, तो ऋषियों में उनका आदर-मान और भी बढ़ जाता; किंतु उन्होंने तो उसका पक्ष लेकर इंद्र को दंडित करवाने का अभियान आरंभ कर दिया। इसका अर्थ यह हुआ कि वे अहल्या का त्याग नहीं करेंगे। ऐसी पत्नी के साथ रहने के कारण वे आश्रम के कुलपति नहीं रह पाएँगे। इस समय यदि प्रचार से इस आश्रम का सम्मान कम कर दिया जाए, तो इसका अवमूल्यन हो जाएगा। मिथिला में प्रथम श्रेणी का अन्य कोई आश्रम न होने के कारण एक नए आश्रम की स्थापना की संभावना हो सकती है ... और मिथिला में स्थापित होने वाले उस नए आश्रम का कुलपति सिवाय आचार्य अमितलाभ के और कौन हो सकता है? नहीं तो गौतम के अधीन काम करते-करते अमितलाभ मर ही जाएगा। ऋषि गौतम

का वय ही अभी क्या है? कठिनाई से तीस-बत्तीस वर्ष! उनके अधीनस्थ उपकुलपति की इस आश्रम के स्वतंत्र कुलपति बनने से पूर्व ही मृत्यु आ जाएगी ...

भाग्य से ही अमितलाभ को यह अवसर मिला था।

अमितलाभ ने दबी दृष्टि से देखा, उपस्थित ऋषि-समुदाय शनै:-शनै: खिसकता जा रहा था। कोई अहल्या को भ्रष्ट मानता था, कोई इंद्र का मित्र था, कोई इंद्र से भयभीत था, कोई इंद्र से कुछ पाने का इच्छुक था, कोई अनिर्णय में था।

आचार्य अमितलाभ ने अपने कुछ प्रिय ब्रह्मचारियों को अपने पीछे आने का संकेत किया और वाटिका के बीच में से होते हुए छोटे मार्ग से वे यज्ञशाला के सम्मुख पहुँच गए। उनके चारों ओर उनके कुछ सहयोगियों और साथ आए ब्रह्मचारियों ने घेरा डाल लिया था। वहाँ एक छोटी-सी भीड़ लग गई थी। गौतम की कुटिया से लौटनेवालों का वही मुख्य मार्ग था। उधर से जाते-जाते अनेक आश्रमवासी और अभ्यागत ठिठककर रुक गए। यही उपयुक्त अवसर था।

आचार्य अमितलाभ ने अपनी भुजा उठाकर उच्च स्वर में कहा, "यह आश्रम पूर्णत: भ्रष्ट हो चुका है। जिस आश्रम के कुलपति की धर्मपत्नी का चरित्र पतित हो, वहाँ अध्ययन-अध्यापन, ज्ञानार्जन-तपस्या ... कुछ भी नहीं हो सकता।"

तभी उनकी द्रष्टि लोगों के रेले में ठेले जाते हुए, आते आचार्य ज्ञानप्रिय पर पड़ी। वे विचलित हो गए, यह ज्ञानप्रिय अवश्य ही उनका विरोध करेगा।

आचार्य ज्ञानप्रिय ने आश्रम के भ्रष्ट हो जाने के संबंध में ऊँचे स्वर में की जाने वाली घोषणा सुन ली थी। यह घोषणा सुनकर उन्हें बहुत आश्चर्य भी नहीं हुआ था। अमितलाभ से इस प्रकार के किसी कांड की अपेक्षा तो नित्य ही बनी रहती थी। अब तक उसने कुछ

नहीं किया, यही आश्चर्य की बात थी। वे अमितलाभ को अच्छी तरह जानते थे। यह व्यक्ति अपने लाभ के लिए विकट महत्त्वाकांक्षी था। अपने विषय का उद्भट विद्वान् होते हुए भी उसकी आत्मा ज्ञान-गरिमा से सर्वथा शून्य थी। उसका चरित्र ज्ञान-व्यवसायी का अधिक था, ऋषि-तत्त्व का उसमें सर्वथा अभाव था। ऐसा व्यक्ति क्या आश्रमों के उपयुक्त होता है! कैसे-कैसे वह आचार्य और फिर उपकुलपति के पद पर पहुँचा था, यह किसी से छिपा नहीं था। ... और अब वह कुलपति और उसकी धर्मपत्नी को लांछित कर, आश्रम के भ्रष्ट होने की घोषणा कर रहा था ...

आचार्य ज्ञानप्रिय का आक्रोश उमड़ पड़ा, "किसी पापी द्वारा एक निर्बल नारी के प्रति अत्याचार से आश्रम कैसे भ्रष्ट हो गया, आचार्य अमितलाभ?"

अमितलाभ ऐसी सभी परिस्थितियों के लिए प्रस्तुत थे। यह न शिथिल होने का समय था, न चूकने का। मुसकराकर बोले, "आचार्य ज्ञानप्रिय! ऋषि गौतम से मेरी कोई शत्रुता नहीं है। न इसमें मेरा कोई स्वार्थ है। मैं जो कुछ कह रहा हूँ, ब्रह्मचारियों, संन्यासियों-तपस्वियों के लाभ तथा आश्रम के सम्मान के लिए कह रहा हूँ। स्वयं देवराज ने कुलपति की पत्नी के विषय में कहा है कि उसने उनका काम-आह्वान किया था। कोई निर्णय तो लेना ही होगा। कुलपति की पत्नी के विरुद्ध आरोप है। कुलपति इस समय अपना मानसिक संतुलन खो बैठे हैं। तो निर्णय का उत्तरदायित्व किस पर है?" अमितलाभ ने मौन होकर उपस्थित जन-समुदाय पर एक सिंह-दृष्टि डाली, किंतु उनके विरुद्ध कोई कुछ नहीं बोला। अमितलाभ ने बात आगे बढ़ाई, "इस आश्रम के उपकुलपति-स्वरूप प्रदत्त अधिकार के आधार पर मैं यह घोषणा कर रहा हूँ कि यह आश्रम भ्रष्ट हो चुका है। मेरा विचार है कि हमें अन्यत्र एक नया आश्रम स्थापित करना चाहिए, और उसके लिए

मिथिला-नरेश से मान्यता की याचना करनी चाहिए। क्या आप लोग मुझसे सहमत हैं?"

कोई कुछ नहीं बोला। सब ओर के मौन का एक ही अर्थ था कि अमितलाभ से सहमत कोई हो-न-हो, उपस्थित जन-समुदाय अमितलाभ का विरोध नहीं कर रहा था।

आचार्य ज्ञानप्रिय देख रहे थे कि अनर्थ हुआ चाहता है। अपने स्वार्थ के पीछे यह व्यक्ति समस्त मिथिला राज्य की ज्ञान-गरिमा को कलुषित करके छोड़ेगा।

वे स्वयं को रोक नहीं पाए, "नए आश्रम को बिना उपयुक्त कुलपति के सम्राट् जनक से मान्यता नहीं मिल पाएगी। नया कुलपति कौन होगा?"

अनेक ब्रह्मचारी एक-साथ चिल्लाए, "ऋषि गौतम! ऋषि गौतम!"

अमितलाभ के सिखाए हुए ब्रह्मचारी उनका नाम पुकारने में पिछड़ गए थे।

अमितलाभ ने मुसकान का मुखौटा ओढ़ लिया, "ऋषि गौतम से योग्य कुलपति हमारे मध्य दूसरा नहीं है। हम नए आश्रम की स्थापना कर उनसे प्रार्थना करेंगे कि वे अपनी भ्रष्ट पत्नी का त्याग कर वहाँ आ आश्रम की व्यवस्था सँभालें। यदि वे न आए, तो फिर किसी अन्य विद्वान को यह पद सौंपा जा सकता है।"

ज्ञानप्रिय कुछ नहीं बोले। अमितलाभ ने गौतम के विषय में ऐसी कोई बात नहीं कही थी, जिसका विरोध किया जा सके। पर अहल्या ... इस समय अहल्या का समर्थन जोखिम का काम है। सामान्य जन अहल्या को दोषी मान बैठा है।

सर्व-सम्मति से अमितलाभ का प्रस्ताव मान लिया गया। ज्ञानप्रिय चुपचाप अपनी कुटिया में लौट आए। पति-पत्नी दोनों ही

घटना से दुःखी थे, किंतु दोनों ही समझ रहे थे कि वे लोग गौतम और अहल्या की अधिक सहायता नहीं कर सकते। इस समय दोनों को ही नए आश्रम में चले जाना चाहिए और वहाँ गौतम की प्रतिष्ठा बनाने का प्रयत्न करना चाहिए, अन्यथा अमितलाभ अनिष्ट कर डालेगा।

"किंतु मैं शत को कैसे छोड़ूँगी, आर्यपुत्र?" सदानीरा सिसक उठी, "ईश्वर ने मुझे कोई संतान नहीं दी – मैंने कभी उससे शिकायत नहीं की। मैं तो शत को पाकर ही संतुष्ट थी। प्रभु से वह भी नहीं देखा जाता। कैसा क्रूर है वह!"

"धैर्य रख, सदानीरे!" ज्ञानप्रिय ने समझाया, "भाग्य सदा वक्र नहीं रहता। तेरा शत भी तेरे पास आएगा।"

18

... अहल्या ने अपने भीतर झाँका ... सब-कुछ मर चुका था, जीने की रंचमात्र भी इच्छा शेष नहीं थी। उसे अपने-आपसे घृणा हो रही थी ... इंद्र जैसे दुष्ट, नीच, घृणित कीट ने इस शरीर का भोग किया था ... अहल्या का स्वाभिमान, परिष्कार, सौंदर्य-बोध, अपने चरित्र का बिंब – सब-कुछ ही तो खंडित हो चुका था। उसे स्वयं ही अपने जीने की कोई सार्थकता नहीं लग रही थी, तो अन्य लोगों की दृष्टि में उसका क्या मूल्य था ... वह अब कभी भी कुलपति की धर्मपत्नी का, ऋषि-पत्नी का सम्मान नहीं पा सकेगी। अपने इस पतित शरीर के साथ वह कभी भी अग्निहोत्र पर अपने पति के निकट अधिकारपूर्वक नहीं बैठ सकेगी ... वह जहाँ कहीं जाएगी, प्रत्येक व्यक्ति उस पर अंगुली उठाएगा कि वह इंद्र की भोग्या है। गौतम को देखते ही प्रत्येक व्यक्ति के मन में पहली बात यही उभरेगी कि अहल्या उनकी पत्नी है, और अहल्या ... शत बड़ा होगा, वह यही सुनेगा कि वह अहल्या का बेटा है, और अहल्या ...

अहल्या को मर जाना चाहिए ...

तभी गौतम ने कुछ फल लाकर उसके सम्मुख रख दिए, “अहल्या! कुछ खा लो, प्रिये!”

पति के शब्द सुनते ही उसका हृदय हूक उठा। उसे लगा, उसके पेट के तल में जैसे बवंडर उठ रहे हैं – एक असह्य पीड़ा, जो बार-बार उसके व्यक्तित्व को मथ जाती है। उसका मन हुआ, वह सशब्द जोर-जोर से रो पड़े; पर रो नहीं सकी। एक सिसकी के साथ उसके कंठ में शब्द फँस गया, “आर्यपुत्र!”

गौतम ने उसके सिर पर स्नेह-भरा हाथ रख दिया, "दुःखी मत होओ, प्रिये!"

पति के स्नेह-भरे स्पर्श ने कंठ का अवरोध हटा दिया, वह गौतम के वक्ष से लगकर, पूरे समारोह के साथ फूट पड़ी। गौतम ने उसे अपनी बाँहों में थाम लिया। कभी उसकी पीठ पर हाथ फेरते और कभी उसके सिर पर ... अहल्या रोती जा रही थी। रुदन के पहले ज्वार के बाद अहल्या के कंठ से कुछ शब्द भी फूटने लगे थे, "मुझे मर जाना चाहिए, प्रिय! मुझे मर जाने दो ..."

"अहल्या!" गौतम बोले, "तुमने यथासंभव प्रतिरोध किया। जो कुछ हुआ, तुम्हारी इच्छा के विरुद्ध हुआ, बलात् हुआ। तुम्हारे साथ अत्याचार हुआ है, अहल्या! मरना पीड़ित को नहीं चाहिए, मरना तो अत्याचारी को चाहिए। इंद्र को मर जाना चाहिए। किंतु वह निर्लज्ज स्वयं कभी नहीं मरेगा; और उसे मारनेवाला सारी पृथ्वी पर मुझे कोई दिखाई नहीं पड़ता।"

अहल्या निरंतर रोती जा रही थी, "मैं अब तुम्हारे योग्य नहीं रहीं, प्रिय! शत मुझ जैसी पतित स्त्री को माँ कहकर कैसे पुकारेगा? और मैं अब उसे पुत्र कैसे कहूँगी?"

"शांत हो, अहल्या!" गौतम समझाते रहे, "तुम मेरी धर्मपत्नी और पूर्णतः मेरे योग्य पत्नी हो। तुम पतित नहीं हो, तुम्हें पतित कहने का साहस कोई नहीं कर सकता। तुम पूर्णतः शुद्ध, स्वच्छ और पवित्र हो।"

गौतम दिनभर अहल्या को समझाते रहे। ज्वरग्रस्त शत को बहलाते रहे। समय-समय पर अपने ज्ञान के अनुसार, कुटिया में उपलब्ध कोई औषध देते रहे। उस ज्वर में बालक शत भी जैसे बहुत गंभीर हो गया था और परिस्थितियों की विषमता समझ रहा था। वह रोगी बच्चे के समान, पिता को परेशान नहीं का रहा था। जाने उसकी बुद्धि ने क्या देखा और क्या समझा था।

... अहल्या कभी रोती, कभी मौन हो शून्य में घूरती रहती, कभी सिसकती और कभी लंबे-लंबे प्रलाप करती। ... गौतम जानते थे, इस समय अहल्या के लिए यही सब स्वाभाविक था और स्वास्थ्यकर भी। क्रमशः समय के साथ ही वह सहज हो सकेगी ...

संध्या थोड़ी ढली तो दिनभर की रोती-कलपती अहल्या, निढाल होकर बिस्तर पर लेट गई। पहले तो वह आँखें फाड़-फाड़कर शून्य को घूरने का प्रयत्न करती रही, और फिर आँखें बंद कर कुछ सोचती रही। ... इन्हीं प्रक्रियाओं के बीच अंततः वह सो गई।

गौतम को कुछ संतोष हुआ। शत को पिछले दिन का बचा हुआ दूध पिलाकर वे पहले ही सुला चुके थे। दोनों के सो जाने के पश्चात् उनसे निवृत्त हुए-से गौतम का ध्यान अपनी ओर लौटा। उनके मन में पीड़ा थी, हताशा थी, अपमान था, पर साथ ही ढेर सारा आक्रोश और उत्साह भी था। किंतु उस आक्रोश और उत्साह से क्या हो सकेगा? क्या कर सकते थे गौतम?

वे सीरध्वज के राज्य, मिथिला के प्रमुखतम आश्रम के कुलपति थे। पूरे प्रदेश के, और कई बार उसके बाहर से भी आकर, अपने-अपने विषयों के प्रकांड विद्वान् उनके सम्मुख अपना मस्तक झुकाते थे। जंबू द्वीप के इस क्षेत्र के वे प्रमुख ऋषि थे। स्वयं सम्राट् और उनके मंत्री गौतम के सम्मुख ऊँचे स्वर में बोलने का साहस नहीं करते थे। यह एक सर्वविदित तथ्य था कि वे किसी भी दिन जनकपुरी में राजगुरु और संयुक्त राजपुरोहित पद पर नियुक्त हो, आर्यावर्त्त के अनन्य ऋषि वसिष्ठ से स्पर्धा करेंगे ...

कितना सुरक्षित, सम्मानित और शक्तिशाली समझा था उन्होंने अपने आपको। किंतु भाग्य के एक ही धक्के ने उनकी आँखें खोलकर, सत्य को उनकी हथेली पर रख दिया था। उन्होंने तपस्या, चरित्र और ज्ञान की शक्ति को सर्वोपरि माना था; पर आज की दुर्घटना ने सिद्ध कर

दिया था कि पद, धन और सत्ता की शक्ति ही सर्वोपरि थी। वास्तविक शक्ति यह नहीं थी, वास्तविक शक्ति तो ...

तो क्या वे व्यक्तिगत धरातल पर इंद्र से प्रतिशोध लें? वे इंद्र का द्वंद्व-युद्ध के लिए आह्वान करें? ... पर दूसरे ही क्षण उन्होंने अपना यह विचार स्थगित कर दिया। इंद्र उनके आह्वान पर क्यों आएगा? और यदि आ भी गया, तो गौतम अच्छी तरह जानते हैं कि उन्होंने आज तक अपने शरीर को प्रहार सहन करने के लिए साधा है; और इंद्र ने सदा प्रहार करने का अभ्यास किया है। शारीरिक शक्ति में भी इंद्र उन पर भारी पड़ सकता है। शस्त्र-विद्या का थोड़ा-सा अभ्यास गौतम ने किया है, किंतु वह इंद्र के अभ्यास के सम्मुख कुछ भी नहीं है; और दिव्यास्त्र तो उनके पास एक भी नहीं है ...

क्या करें गौतम?

इंद्र को शाप दें?

शाप को कार्यान्वित कौन करेगा? वे इंद्र को यज्ञ में अपूजित होने का शाप दे सकते हैं, पर उस शाप का कौन प्रचार करेगा? और अहल्या को पत्नी की मान-मर्यादा देने के कारण जन-सामान्य, ऋषियों-तपस्वियों, शासक-सम्राटों ने गौतम को ही ऋषि मानने से इनकार कर दिया तो?

गौतम का अस्तित्व समूल झनझना उठा।

गौतम का क्या होगा?

क्या ऋषि बने रहने के लिए उन्हें अहल्या का त्याग करना पड़ेगा?

पर अहल्या निर्दोष है। पूर्णतः पवित्र है। वह उनकी पत्नी है, उनके पुत्र की माँ है। वे उससे प्रेम करते हैं – वे उसका त्याग कैसे कर सकते हैं?

किंतु यदि वे उसका त्याग नहीं करते, तो उन्हें ऋषि के पद से भ्रष्ट कर दिया जाएगा। जो ऋषि-समुदाय अपनी आँखों से इंद्र

की दुष्टता देखकर भी अहल्या को निर्दोष घोषित नहीं कर सका; वह अहल्या को पत्नी-रूप में ग्रहण किए रहने पर उन्हें ऋषि की मान्यता कैसे देगा? ... यदि वे ऋषि नहीं रहे, तो इंद्र को शाप कैसे देंगे? ... क्या वे इंद्र को शाप देने का विचार छोड़ दें? ...

"नहीं–ी–ी–ीं ..." उनकी आत्मा से भयंकर चीत्कार उठा। वे इंद्र को इस प्रकार अदंडित नहीं छोड़ सकते। भरसक वे उसे दंड देंगे। ... उन्हें उसे दंडित करने के लिए ऋषि की मर्यादा पानी ही होगी।

प्रात: गौतम की आँखें खुलीं, तो उन्होंने देखा, अहल्या जगी हुई थी। शत के जाग जाने के भय से वह बिस्तर से उठी नहीं थी, अन्यथा वह पूरी तरह सचेत थी। उसका व्यवहार सहज किंतु पहले की अपेक्षा कुछ अधिक कोमल था, जैसे उसका मस्तिष्क निरंतर सचेत रहकर उसे कोमल होने का आदेश दे रहा हो। गौतम कुछ चौंके। व्यवहार की यह कोमलता मन की किसी दृढ़ता की प्रतिक्रिया तो नहीं ... किस बात के लिए मन को दृढ़ कर लिया है अहल्या ने? कहीं ऐसा तो नहीं कि रातभर सोच-सोचकर उसने अपने जीवन के साथ कोई खिलवाड़ करने का निर्णय किया हो ...

गौतम ने अहल्या की आँखों में झाँककर कुछ जानना चाहा, किंतु अभी पूर्णत: उजाला नहीं हुआ था। उस झुटपुटे में, अहल्या की आँखों में वैसा कोई भाव उन्हें नहीं मिला। उसके हाव-भाव में भी वैसा कुछ नहीं था। पूछ भी नहीं सकते थे। पूछने का अर्थ था – कल के सारे प्रसंग को पुन: जीवित करना। यह उचित नहीं था। संभव है, अहल्या उस घटना से कुछ उबर पाई हो। उसे फिर से पीड़ित मन:स्थिति में लौटाने का दुष्कृत्य क्यों किया जाए? ...

गौतम का अपना मन भी तो ठीक नहीं था। अभ्यासवश उनकी आँख ठीक समय पर खुल गई थी, किंतु बिस्तर से बाहर वे भी नहीं

निकले। क्या करेंगे इतनी सुबह उठकर? क्या करेंगे नदी पर जाकर स्नान कर? ... यदि घाट पर किसी ने उन्हें देख लिया, तो प्रत्येक व्यक्ति उनकी ओर इंगित करेगा, 'यह उसी अहल्या का पति गौतम है ... ।' अब कौन यज्ञशाला में उनकी प्रतीक्षा कर रहा है! कौन-सा काम है, जो कुलपति के बिना रुका रहेगा! ... कोई आचार्य नहीं, कोई ब्रह्मचारी नहीं। उजाड़ आश्रम में प्रेत-सा अकेला गौतम यज्ञ करके क्या करेगा? कौन ऋषि मानकर उन्हें सम्मान देगा? अब यह आश्रम उजाड़ हो जाएगा। मनुष्य के अभाव में क्रमश: वन सघन होता जाएगा। जंगली पशु यहाँ विचरण करेंगे; और उनके मध्य चांडालों अथवा प्रेतों के समान तीन प्राणी होंगे – गौतम, अहल्या और शतानंद। क्या होगा स्नान से? क्या होगा यज्ञ से? क्या होगा ध्यान-मनन से? और क्या होगा ज्ञानार्जन से? जो होना था, वह हो चुका है। इंद्र जीत चुका है, वे पराजित हो चुके। संपूर्ण आर्यावर्त्त के सर्वश्रेष्ठ ऋषि बनने की महत्त्वाकांक्षा तो दूर, मिथिला प्रदेश में भी उनका महत्त्व किसी अभिशप्त प्रेत से अधिक नहीं है ... और वे देवराज इंद्र को शाप देने की सोच रहे थे ...

19

अहल्या ने थोड़ी देर प्रतीक्षा की, किंतु जब बाहर पूरी तरह उजाला हो गया और गौतम ने बिस्तर नहीं छोड़ा, तो अहल्या को पूछना ही पड़ा, "आर्यपुत्र! आज स्नान के लिए विलंब नहीं हो गया?"

"हूँ!" गौतम ने करवट बदल ली।

"आर्यपुत्र।"

"हाँ।"

"समय व्यतीत हो रहा है।"

"अहल्या! अब मैं ऋषि नहीं रहा। साधारण गृहस्थ हो गया हूँ।"

गौतम अपनी पीड़ा छिपा नहीं सके। वाक्य मुख से निकल ही गया। अहल्या के चेहरे पर अपने वाक्य की प्रतिक्रिया देखने का साहस तक नहीं कर सके। व्यस्तता में उठकर, कुटिया के बहार निकल गए।

अहल्या को धक्का लगा। उसे अपना पीड़ा भूल गई। गौतम के मन की पीड़ा का कुछ आभास होने लगा। ठीक ही तो कहते हैं गौतम। वे ऋषि कैसे रह सकते हैं? वे तो अब साधारण गृहस्थ ही रह सकते हैं ... वह भी समाज से बहिष्कृत। वन्य पशु-से। क्या अहल्या को पत्नी का अधिकार देने के लिए गौतम को इतना बडा मूल्य चुकाना होगा? ... अहल्या सिहर उठी। ज्ञान, यश और सम्मान के क्षेत्र में निरंतर बढ़ते हुए ऋषि गौतम को नियति के एक हलके-से धक्के ने क्या से क्या बना दिया। अहल्या के साथ रहकर तो गौतम सचमुच एक अभिशप्त प्रेत-मात्र होकर रह जाएँगे? ... और शत का क्या होगा? ज्ञान-विज्ञान के क्षेत्र में बहिष्कृत, सभ्यता और संस्कृति

से दूर, समाज और सम्मान से अपरिचित एक जड़ जंगली पशु। किसके कारण? स्वयं अपनी माँ के कारण? ... क्या अहल्या अपने पति और पुत्र के लिए अब दुर्भाग्य की छाया मात्र रह गई? ... कल की दुर्घटना के पश्चात् भी उसे अपने आपसे घृणा तो गई थी ... किंतु उसका यह रूप तो और भी घृणित है, और भी निंदनीय!

अहल्या धीरे-से बिस्तर से बाहर निकली। शत शांत पड़ा सोता रहा। अहल्या ने धीरे-से नि:शब्द, कुटिया का द्वार खोला और बाहर निकल आई। इधर-उधर देखा, गौतम कहीं दिखाई नहीं पड़े। ... कहीं वे नदी की ओर तो नहीं चले गए? अहल्या प्रतीक्षा करती रही; पर गौतम लौटते दिखाई नहीं पड़े।

हताश होकर वह गोशाला की ओर चल पड़ी। पता नहीं, कहाँ गए हैं। संभव है, यहीं कहीं हों – लौट आएँगे। वैसे भी अभी थोड़ी देर में शत जाग जाएगा। उठते ही दूध के लिए रोने लगेगा। फिर दूध की व्यवस्था का अवकाश भी नहीं मिलेगा। ... उसके जागने से पहले अहल्या को कम-से-कम, डूँडी गाय को दुह लेना चाहिए।

गोशाला में उसे प्रवेश करते देख डूँडी जोर से रँभाई। अहल्या के मन में ललक उठी, वह दौड़कर डूँडी के पास पहुँची और उसके माथे को सहलाने लगी। डूँडी जोर-जोर से रँभा रही थी, और जीभ निकालकर, उस प्यार करने वाले हाथ को चाट लेना चाह रही थी। उसकी आँखों में स्नेहभरा उपालंभ था – 'कल किसी ने मेरी देखभाल क्यों नहीं की? कल मेरे पास कोई क्यों नहीं आया?'

अहल्या डूँडी से लिपट गई, "मुझे क्षमा कर, डूँडी! कल हम दोनों में से किसी को अपना भी होश नहीं था। मुझे क्षमा कर, डूँडी!"

अहल्या का मन हँस भी रहा था, रो भी रहा था। कल दिन-भर पड़ी वह अपनी पीड़ा में छटपटाती रही। गौतम उसे सँभालते रहे। और इधर अभ्यागत, ऋषि-मुनि, आचार्य और

ब्रह्मचारी तो दूर, साधारण कर्मकर भी चुपचाप आश्रम छोड़कर चल दिए, जैसे अहल्या के रूप में आश्रम में कोढ़ फूट आया हो। किसी ने पशुओं को दाना-पानी नहीं दिया, कोई उन्हें चराने के लिए नहीं ले गया ... और अहल्या का मन हँस रहा था – कोई तो है इस आश्रम में, जिस पर, जिसके स्नेह पर, कल की दुर्घटना का कोई प्रभाव नहीं पड़ा। कोई तो है ...

दो वर्ष हो गए उस बात को। डूँडी पहली ही बार ब्याने की तैयारी कर रही थी। उन्हीं दिनों उसकी वन में किसी पशु से टक्कर हो गई थी। पता नहीं चला कि कौन-सा पशु था? चरवाहे डूँडी को आश्रम में लाए, तो वह बुरी तरह लहूलुहान थी और उसका एक सींग भी टूट गया था। कितनी पीड़ा थी उसकी आँखों में! सींग टूट जाने के कारण ही अहल्या ने उसका नाम डूँडी रखा था। उसे डूँडी से अतिरिक्त स्नेह हो गया था। कितनी सेवा की थी उसने डूँडी की? दिन में कई-कई बार औषध लगाई थी। पास बैठ-बैठकर उसे चारा खिलाया था। और जब तक डूँडी स्वस्थ हुई, तब तक अहल्या से असाधारण रूप से हिल गई थी।

डूँडी की पीड़ा में अहल्या ने उसे स्नेह दिया था, आज उसकी पीड़ा में डूँडी ने औषध लगाई थी। अहल्या का मन हुआ, वह डूँडी के गले लगकर जी भर रोए।

वह बड़ी देर तक डूँडी के साथ लगी खड़ी रही और उसका माथा और शरीर सहलाती रही; डूँडी उसी प्रकार प्यार से रँभाती रही और उसका हाथ चाटने का प्रयत्न करती रही।

सहसा उसे लगा, काफी विलंब हो गया है। वह शत को अकेला छोड़कर आई थी। उसे अधिक देर नहीं करनी चाहिए।

उसने डूँडी को दाना डाला और भाजन लेकर दूध दुहा। एक-एक कर, उसने सारे पशुओं को खूँटे से खोला और बाहर हाँक दिया।

लौटते हुए वह तेजी से अपनी कुटिया की ओर बढ़ रही थी। कदाचित् शत उठ गया होगा, और स्वयं को अकेला पाकर रो रहा होगा। संभव है, गौतम भी अब तक लौट आए हों।

मार्ग में यज्ञशाला के पास से गुजरते हुए उसे लगा कि भीतर शायद किसी व्यक्ति की छाया थी। उसके पग रुक गए – कौन हो सकता है? क्या अब भी आश्रम में उनके अतिरिक्त कोई व्यक्ति है?

अहल्या के पग उत्सुकतावश यज्ञशाला के द्वार की ओर बढ़ गए। द्वार पर पहुँचकर वह रुक गई – एक दीवार से कंधा टिकाकर गौतम एकटक यज्ञकुंड की ओर देख रहे थे।

उनकी उस दृष्टि को देखकर अहल्या की रीढ़ की हड्डी जैसे शीत से काँप उठी – उन आँखों का भयंकर शून्य, उजाड़ मरुभूमि ... किन शब्दों में सोचे अहल्या? आत्मा के कंकाल के वर्णन के लिए भी शब्द होते हैं क्या?

अहल्या दबे पाँव लौट पड़ी।

उसे स्वयं ही पता नहीं चला कि वह किस प्रकार लड़खड़ाती और अपने शरीर को धकेलती हुई उसे अपनी कुटिया तक लाई ... कुटिया से कुछ दूर ही उसने शत के जोर-जोर से रोने का स्वर सुन लिया था। वह कुछ चेत गई और उसकी गति तेज हो गई।

शत अपने बिस्तर पर बैठा हुआ गला और मुँह फाड़कर रो रहा था। अहल्या ने उसे गोद में उठाकर प्यार किया, "मत रो, मेरे लाल!"

और अहल्या के अपने आँसू शत की पीठ पर जा गिरे।

"तुम दोनों मुझे अकेला छोड़कर क्यों चले गए?" शत रोता जा रहा था, "मुझे अकेले में भय लगता है।"

"अब छोड़कर नहीं जाऊँगी, मेरे लाल!" अहल्या ने शत को भींच लिया, "अब चुप हो जा, शत! मैं तेरे लिए दूध लाई हूँ।"

शत का ज्वर रात में उतर गया लगता था। उसे अपने शरीर से चिपकाए हुए, अहल्या ने अनुभव किया – कदाचित् गौतम की दी हुई औषध ने कार्य किया था। किंतु ज्वर उतर जाने के बाद की दुर्बलता उसमें थी, अभी दो-चार दिन वह चिड़चिड़ा भी रहेगा, माँ-बाप से चिपका-चिपका भी रहेगा। ... वैसे पाँच वर्षों का शत पूर्णत: स्वस्थ होने की स्थिति में भी इतना बड़ा तो नहीं हो गया कि उसे कुटिया में अकेले छोड़कर, उसके माता-पिता विक्षिप्तों के समान इधर-उधर मारे-मारे फिरें, और बच्चा रोए भी नहीं। यदि उन दोनों की मन:स्थिति इसी प्रकार असंतुलित रही, तो शत या तो रो-रोकर जान दे देगा, अथवा किसी मानसिक विकृति से ग्रस्त हो जाएगा ...

"मेरे बच्चे!" अहल्या ने शत को और भी जोर से भींच लिया।

20

दो-ढाई घंटों के बाद गौतम लौटे।

अहल्या तब तक काफी सहज हो चुकी थी और शत भी दूध पी, माँ का दुलार पा, कुछ स्वस्थ हो, खेलने के लिए कुटिया से बाहर निकल गया था।

अहल्या ने ध्यान से गौतम को देखा – उनकी आँखों में अब वह शून्य नहीं था, जो उसने यज्ञशाला में देखा था। आकृति से पर्याप्त सहज लग रहे थे, किंतु शरीर थका हुआ था, जैसे क्षमता से अधिक श्रम करके आए हों।

"कहाँ चले गए थे?" अहल्या ने बड़े ही कोमल स्वर में पूछा कि कहीं गौतम के दुखते मन को यह प्रश्न, मात्र जिज्ञासा के स्थान पर, उसकी ओर से उन पर नियंत्रण का प्रयत्न न लगे।

गौतम बैठ गए। उन्होंने अपने उत्तरीय की बनी गठरी पीठ पर से उतारकर अहल्या के सम्मुख रख दी, "कुछ फल लाने चला गया था। अब ब्रह्मचारी अथवा कर्मकार तो हैं नहीं, अत: यह काम भी मुझे ही करना पड़ेगा।" बहुत नियंत्रण करने पर भी गौतम की आँखें भीग ही गईं, "मैं कुलपति बनकर भूल ही गया था कि मैं एक साधारण वनवासी संन्यासी भी हूँ। अध्ययन-अध्यापन और चिंतन-मनन में मैं व्यावहारिक जीवन से ऊँचा उठ जाने का प्रयत्न कर रहा था; और शारीरिक श्रम की महत्ता भूल गया था।"

"आर्यपुत्र!" अहल्या ने उनके घुटने पर हाथ रखा।

एक सिसकारी के साथ गौतम ने अपनी टाँग हटा ली। और तब पहली बार अहल्या का ध्यान गौतम के घुटने की ओर गया। उनका घुटना छिला हुआ था।

"यह कैसे हुआ? क्या अधिक चोट आई?" अहल्या की विह्वलता बढ़ गई।

"नहीं, अहल्या!" गौतम निर्विकार हो उठे, "पेड़ से कूदते हुए गिर पड़ा। अब वृक्षों पर चढ़ने-उतरने का अभ्यास नहीं रहा, देवि!" और सहसा वे ऐसी मुद्रा में अहल्या की ओर घूमे, जैसे आँसू पोंछकर हँसने का प्रयत्न कर रहे हों, "तुम चिंता न करो। बस दो-एक दिन की बात है। फिर मैं पहले जैसा अभ्यास कर लूँगा। एक रोज घाव खा जाने का अर्थ यह तो नहीं है कि रोज-रोज हाथ-पाँव छिलते रहेंगे।"

गौतम सायास हँस रहे थे।

अहल्या का मन रो पड़ा। बहुत चाहने पर भी स्वयं को रोक नहीं पाई। उसने अपना सिर गौतम के कंधे पर टिका दिया, "प्रिय! मुझे लगता है, मैं आपकी पत्नी नहीं हूँ, शत की माँ नहीं हूँ – मैं एक भयंकर कृत्या हूँ, जो आपके और शत के विकास को खा रही हूँ, आप दोनों के भविष्य का भक्षण कर रही हूँ।"

"अहल्या!" गौतम ने उसे अपने साथ चिपका लिया, "ऐसा सोचने का कोई कारण नहीं है। हुम देवी हो। मैं तुम्हारी सहनशीलता और उदारता पर मुग्ध हूँ। जितनी पीड़ा तुमने सही है, उसकी तो मैं कल्पना भी नहीं कर सकता। तुम्हारी इस अवस्था में चाहिए तो यह था कि मैं तुम्हें सँभालूँ, तुम्हें स्नेह और सांत्वना दूँ, तुम्हारी देखभाल करूँ, तुम्हारी रक्षा करूँ, तुम्हारे अपमान का प्रतिशोध लूँ। किंतु देखता हूँ, प्रिये! यह सब नहीं हो रहा है। जो मानसिक स्थिति मेरी होती जा रही है, उसमें मैं तुम्हें पीड़ा दे रहा हूँ, और तुम मुझे सांत्वना। मैं विक्षिप्त-सा तुम दोनों को छोड़कर निकल गया और

घंटों बौराया-बौराया इधर-उधर डोलता फिरा। तुम जाकर दूध दूहकर लाई हो, और मुझे एक बार भी ध्यान नहीं आया कि शत भूखा होगा। यह भी भूल गया कि शत कल ज्वरग्रस्त था, कल उसे औषध दी थी; यह तो देखूँ कि औषध का प्रभाव क्या हुआ है? ... मैं भूल गया कि तुम्हारे साथ अभी कल ही ऐसी भयंकर दुर्घटना घटी है, और ऐसे समय में तुम्हें मेरी आवश्यकता है। केवल मेरा प्यार ही तुम्हें बल, विश्वास और सांत्वना दे सकता है। मैं सब-कुछ भूल गया और स्वयं अपने-आपको ही पीड़ित समझकर, वन में विक्षिप्त-सा भटकता रहा ...”

“आर्यपुत्र!” अहल्या ने प्रेम से आंदोलित होकर उन्हें झकझोरा, “ऐसा क्यों सोचते हैं? आप नहीं जानते कि आपने मुझे क्या दिया है। कोई और ऋषि ऐसी परिस्थितियों में न केवल अपनी पत्नी को त्याग देता, वरन् अपने मन की पूरी निष्ठा से उसे अपराधिनी मानता। आपने मुझे अपराधिनी नहीं माना, मेरे लिए यही बहुत है। अब यदि आप मुझे त्याग भी दें ...”

“अहल्या!” गौतम ने टोका।

“मुझे कहने दें प्रिय!” अहल्या स्नेह-आप्लावित स्वर में बोली, “अब यदि आप मुझे त्याग भी दें, तो भी मुझे आपके प्रेम में कोई संदेह नहीं होगा। बस आपका मन मुझे अपराधिनी न माने, मेरे लिए यही पर्याप्त होगा, मेरे गौतम!”

“प्रिये! एक बार फिर तो कहो।” गौतम पुलकित हो उठे।

“मेरे गौतम! मेरे गौतम!”

अहल्या ने अपना मस्तक गौतम की गोद में रख दिया। गौतम स्नेह-भरे हाथ से अहल्या के केश सहलाते रहे। आज उनके मन पर कहीं यह बोझ नहीं था कि एक अत्यंत ज्ञानी एवं श्रेष्ठ तपस्वी ऋषि होकर भी वे काम को जीत नहीं पाए हैं। आज अहल्या का सिर

अपनी गोद में रखे, अपनी हथेलियों में उसका मुख सँजोए, उसके स्निग्ध केशों को सहलाते हुए, उनके स्नायुओं में कहीं काम का तनाव नहीं था। यह तो स्नेह था, शुद्ध और अमिश्रित स्नेह, काम की उत्तेजना से शून्य – ऐसे प्रेम का अनुभव उन्हें पहले तो कभी नहीं हुआ।

अपने भाव को वे स्वयं तक सीमित न रख सके। बोले, "अहल्या! मैं ऐसे भी कितना सुखी हूँ। तुम जैसी पत्नी पाकर मुझे क्या नहीं मिला। ... किंतु एक बात मैं सुबह से सोच रहा हूँ, तुम जैसे शुद्ध हृदय से कुछ भी छिपाना पाप है ..."

"क्या सोच रहे हैं, आर्यपुत्र?" अहल्या उठ बैठी।

"लेटी रहो, प्रिये!" गौतम ने अहल्या को पुनः लिटा लिया, "और आर्यपुत्र न कहो, गौतम कहो।"

अहल्या के चेहरे पर संकोच उभरा। वह मुसकराई। तिर्यक् आँखों से गौतम को देखा और बोली, "गौतम!"

उसने अपना मुख हथेलियों में छिपा लिया।

"सुबह से सोचता रहा हूँ, प्रिये! तपस्वी सर्व-विजयी होता है – यह सोचकर ऋषि बनना चाहा था। सर्वथा असफल रहा होऊँ, ऐसा भी नहीं है। लोभ, भूख, ममता और आंशिक रूप से काम पर भी विजय पाई; किंतु यश की भूख भी बहुत बड़ी भूख होती है, उस पर मैं विजय नहीं पा सका। मुझे लगता है, मैंने अपने जीवन की सारी तृष्णाएँ, सारी कामनाएँ, सारी महत्त्वाकांक्षाएँ एक ही बिंदु पर केंद्रित कर दी थीं। मैं आर्यावर्त्त का सर्वश्रेष्ठ ऋषि बनना चाहता था – न मेरी यह भूख तृप्त हुई, न इस भूख को मैं जीत पाया। बस यही एक कामना मुझे चंचल बनाए हुए है; अन्यथा क्या कमी है मुझे! तुम जैसी पत्नी है, शत जैसा बेटा है, यह छोटी-सी कुटिया है और यह विस्तृत वन मेरे सामने पड़ा है।"

"मैं समझती हूँ, आर्यपुत्र!" अहल्या गंभीर थी, "मैं आपकी निराशा समझती हूँ। पर इस निराशा में भी आप अकेले नहीं हैं। मैं भी अपनी तरह की एक ही महत्त्वाकांक्षिणी हूँ, प्रिय! मैंने चाहे स्वयं आर्यावर्त्त की सर्वश्रेष्ठ ऋषि बनने का स्वप्न न देखा हो; किंतु अपने पति को इस रूप में प्रतिष्ठित होते देखने की महत्त्वाकांक्षा मेरी भी है। और मेरी तो महत्त्वाकांक्षा भी दोहरी है। मैं अपने पुत्र को यह पद, अपने पिता से, उत्तराधिकार के रूप में पाते हुए देखना चाहती हूँ। मैं दोनों के भविष्य की असफलता के दायित्व का बोझ ढो रही हूँ आर्यपुत्र! मुझ-सी पापिन भी कौन होगी! ..."

"अहल्या!"

"हाँ, गौतम।"

21

अभी पूरी तरह अंधकार नहीं हुआ था, किंतु शाम का धुँधलका घना हो गया था। गौतम को बाहर गए काफी समय हो चुका था; और अहल्या सोच ही रही थी कि उन्हें अब लौट आना चाहिए था। रात के अंधकार में वन में अकेले घुमना सुरक्षित नहीं था। और अब तो आश्रम के निर्जन हो जाने के कारण वन्य पशुओं का साहस भी बढ़ता जा रहा था। पहले जो पशु आश्रम की सीमा तक आते भी डरते थे, वे अब आश्रम की सीमाओं का अतिक्रमण करने लगे थे। दिन के समय तो नहीं, किंतु रात के समय उनके आक्रमण का भय उत्पन्न हो गया था।

पिछले कई दिनों से गौतम और अहल्या – दोनों ही इस विषय को लेकर विशेष रूप से चिंतित रहे थे। अंत में उन्होंने अपनी कुटिया को अधिक सुरक्षित बनाने का निर्णय लिया था। आज ही प्रात: उन्होंने यह कार्य आरंभ किया था और दिनभर के कड़े परिश्रम के पश्चात् पति-पत्नी ने संध्या समय तक किसी तरह उसे पूरा कर लिया था। कुटिया के चारों ओर लकड़ी की एक मजबूत बाड़ बन गई थी, किसी वन्य पशु के कुटिया-क्षेत्र में प्रविष्ट होने का भय प्राय: नहीं रह गया था। वानर तथा मनुष्य की बात अलग थी। वानर हिंस्र नहीं थे, और सीरध्वज के राज्य में मनुष्य के अपराधों की संख्या नगण्य थी। इसलिए कुटिया-क्षेत्र के भीतर जोखिम नहीं था।

गौतम इस कार्य से निबटकर वन में चले गए थे, ताकि थोड़ा-बहुत ईंधन तथा अगले दिन की आवश्यकतानुसार कुछ फल ले आएँ।

दिन-भर शत माता-पिता को कार्य करते देखता रहा था। भरसक उनके काम में हाथ भी बँटाता रहा था। कोई छोटी लकड़ी उठाकर इधर-से-उधर रख दी, कोई कुल्हाड़ी घसीटकर पिता के हाथ में पकड़ा दी, रस्सी का कोई टुकड़ा माँ के पास पहुँचा दिया – ऐसे अनेक काम करते हुए वह स्वयं को पर्याप्त महत्त्वपूर्ण समझता रहा था। लकड़ी के अनेक छोटे-छोटे टुकड़े उठाकर उसने अलग रख लिए थे, ताकि अगले दिन एक बाड़ वह स्वयं स्वतंत्र बना ले। माँ को उसने पिता के ही समान ताकीद कर दी थी कि कल प्रातः यदि उसकी नींद न टूटे तो वे उसे जगा दें; ताकि उषाकाल में ही वह बाड़-निर्माण का कार्य आरंभ कर दे – ऐसा न हो कि वह सोया ही रह जाए और सूर्य सिर पर चढ़ आए। ऐसी स्थिति में संध्या तक उसका काम पूरा नहीं हो पाएगा ...

इस समय तक वह काफी थक गया था और सोना चाह रहा था; किंतु पिता के लौटने की प्रतीक्षा भी थी। प्रतीक्षा उसे सोने नहीं दे रही थी। थोड़ी-थोड़ी देर बाद आँखें खोलकर पूछने लगता, "पिताजी आए, माँ?"

इन दिनों वह पिता से अधिक हिल गया था। वह पहले का शत नहीं रहा था कि दिन-भर यदि पिता से भेंट न हो तो उन्हें याद ही न करे। अब उसका मानव-लोक केवल दो मनुष्यों तक सीमित था। दोनों में से एक भी इधर-उधर हो जाता, तो वह उसकी रट लगा देता था।

गौतम को बुला लाने के लिए बाहर जाने की बात अहल्या पिछले कई क्षणों से सोच रही थी, किंतु उनींदे शत को न तो वह छोड़कर जा सकती थी और न उसे साथ ही ले जा सकती थी। चिंता बढ़ती जा रही थी ...

तभी कुटिया के बाहर किसी के पैरों की आहट हुई। अहल्या के मस्तिष्क की तनी हुई नसें सहसा ढीली हो गईं। गौतम आ गए

लगते थे। आज वह उनसे कह देगी कि संध्या समय इस प्रकार वे बाहर न जाया करें – उसे बड़ी चिंता होती है।

कुटिया का द्वार खुला और अहल्या ने शत को थपकता हुआ हाथ रोककर पीछे की ओर देखा, पर वहाँ गौतम नहीं थे। अहल्या की आँखें आश्चर्य और प्रसन्नता से फट गईं, "तुम, सखी सदानीरा?"

"हाँ, देवि! मैं।"

सदानीरा अहल्या के पास आ गई और उससे सटकर बैठ गई। उसने बिना कुछ कहे, हाथ बढ़ाकर शत को अहल्या की गोद से उठाकर, अपने वक्ष से चिपका लिया।

शत ने आँखें खोलकर देखा, "नीरा मौसी!"

"हाँ, मेरे शतू!" सदानीरा ने उसके कपोल के साथ अपना कपोल चिपका, आँखें बंद कर, हलके-हलके सिर हिला-हिलाकर झूमना आरंभ कर दिया। वह अनेक दिनों की संचित प्यास बुझा रही थी।

अंत में अहल्या ने ही उसे टोका, "सदानीरा! इस समय कहाँ से आ रही हो, सखी?"

सदानीरा की आँखें डबडबा आईं, "जनकपुरी से आई हूँ, देवि! इतने दिनों से शतू को देखा नहीं था, प्राण आतुर हो रहे थे। अवसर मिलते ही भागी आई हूँ।"

तभी कुटिया का द्वार फिर खुला और गौतम भीतर आए।

"अह ..."

वे अहल्या को पुकारते-पुकारते थम गए। उन्होंने दीपक के प्रकाश में, अहल्या के पास बैठी एक अन्य नारी-आकृति को देख लिया था। वे उसे पहचानने का प्रयत्न करते हुए आगे बढ़े, "सदानीरा, तुम?"

"प्रणाम, आर्य कुलपति!" सदानीरा ने शत को अहल्या की गोद में दे, घुटनों के बल बैठ, दोनों हाथ जोड़ उन पर अपना माथा टिका दिया।

"कुलपति!" गौतम उपहास की हँसी हँसे, "कौन कुलपति, सदानीरा?" उनका स्वर पीड़ा से अछूता नहीं रहा, "स्वप्न हो गए वे दिन, जब गौतम भी आश्रम का कुलपति था।"

"इतने हताश न हों, कुलपति!" सदानीरा के स्वर में स्नेहभरा आग्रह था, "उस दुर्भाग्यपूर्ण घटना के पश्चात् कदाचित् आप आश्रम की सीमाओं से बाहर ही नहीं गए हैं। इसी से बाहर क्या-क्या घटा है, उससे आप अपरिचित हैं।"

"क्या घटा है, सदानीरा?" अहल्या बहुत उत्सुक थी।

गौतम पर सदानीरा के कथन का विशेष प्रभाव नहीं पड़ा। वे उसी प्रकार उदास और अनमने बैठे रहे, "कुछ भी घटे। अब गौतम का किसी से क्या सबंध?"

"कुलपति, एक बार धैर्य से मेरी बात सुनें।" सदानीरा बोली, "मैं शत को गोद में ले एक बार प्यार करने को बहुत व्याकुल थी, पर इतनी-सी बात के लिए मुझे यहाँ कौन आने देता! स्वयं आचार्य ने मुझे विशेष कार्यवश भेजा है। आप मेरी बात सुनें।"

"आचार्य ज्ञानप्रिय ने?" गौतम चकित थे।

"तनिक ठहर, सखी!" अहल्या ने कहा, "शत सो गया है, उसे बिस्तर पर सुला दूँ। मैं सब-कुछ विस्तार से सुनना चाहती हूँ।"

अहल्या ने सावधानीपूर्वक शत को गोद में उठा कंधे से लगाया और धीरे से उठ खड़ी हुई। शत को बिस्तर पर लिटा, चादर ओढ़ा दी; और लौटकर सदानीरा के पास आ बैठी, "अब कह, सखी! क्या हुआ?"

"उस दुर्घटना के पश्चात्," सदानीरा ने बात आरंभ की, "उपकुलपति आचार्य अमितलाभ ने घोषणा की कि यह आश्रम भ्रष्ट हो चुका है, अत: एक नए आश्रम की स्थापना होनी चाहिए। उनकी बात का विशेष विरोध नहीं हुआ। जनकपुर से कुछ हटकर नए आश्रम की स्थापना हो गई है। किंतु नए आश्रम के लिए सम्राट् सीरध्वज से मान्यता प्राप्त करने के सारे प्रयत्न असफल रहे हैं ..."

"ठहर, सखी!" अहल्या ने उसे टोक दिया, "मैंने तो आज तक यही सुना था कि ऋषि लोग सम्राटों को मान्यता देते हैं, आश्रमों से राज्य की प्रतिष्ठा बढ़ती है। पर आज मैं यह क्या सुन रही हूँ कि एक आश्रम सम्राट् से मान्यता माँग रहा है।"

"तुम ठीक कहती हो, प्रिये!" गौतम बोले, "समर्थ ऋषि शासकों से कभी मान्यता और प्रतिष्ठा नहीं माँगते; किंतु जब आश्रम की स्थापना ज्ञान-प्रसार के लिए नहीं, अपने स्वार्थ के लिए हो, तो पहले सम्राट् से मान्यता और फिर अनुदान माँगा जाता है। सम्राट् मान्यता देते हैं तो साथ ही धन देते हैं, भूमि देते हैं, गायें देते हैं, सुरक्षा देते हैं ..."

"यही बात है, आर्य कुलपति।" सदानीरा ने सहमति प्रकट की, "अमितलाभ के चेले-चाँटों ने अनेक बार घुमा-फिराकर सम्राट् के सम्मुख उनका नाम रखा; किंतु सम्राट् ने हर बार अस्वीकार कर दिया।"

"किसका नाम चाहते हैं, सम्राट् ?" अहल्या ने पूछा।

"देवि! सम्राट् अपने मुख से किसी का नाम नहीं लेते, पर अपने सम्मुख किए गए प्रत्येक नाम के प्रति अरुचि प्रकट कर देते हैं। आश्रम का प्रत्येक व्यक्ति जानता है कि सम्राट् केवल ऋषि गौतम को कुलपति के रूप में स्वीकार करेंगे। केवल एक ही व्यक्ति में उनकी अटूट निष्ठा है – आर्य कुलपति में।"

"यदि गौतम को ही कुलपति रहना है, तो फिर इस बसे-बसाए आश्रम को भ्रष्ट घोषित करने का क्या अर्थ? गौतम के जाने से क्या नया आश्रम भी भ्रष्ट नहीं हो जाएगा?" गौतम के स्वर में आक्रोश छलछला आया था।

"आर्यपुत्र!" अहल्या बोली, "स्पष्टत: यह आश्रम केवल मेरे कारण भ्रष्ट हुआ है। आप आज भी पूजनीय हैं। कुलपति के रूप में स्वीकार्य है ..." अहल्या सदानीरा की ओर घूमी, "सखी! तुम्हें आचार्य ने कुलपति को बुलाने के लिए भेजा है न?"

"अहल्या!" गौतम ने डाँटा।

अहल्या ने स्नेहिल आँखों से गौतम को डपट दिया, "कह, सदानीरा! इसीलिए आयी है न तू?"

"हाँ, देवि!" सदानीरा की आँखें भीग उठीं।

गौतम उठकर खड़े हो गए। अपने भीतर की किसी व्याकुलता को दबाने के लिए वे कुटिया में इधर से उधर टहलने लगे थे। उनके जबड़े भिंचे हुए थे, मुट्ठियाँ कसी हुई थीं, "मैं अहल्या को छोड़कर नहीं जाऊँगा, नहीं जाऊँगा। मुझे नहीं चाहिए कुलपतित्व! ये लोग समझते हैं कि कुलपति बनने के लालच में मैं अपनी धर्मपत्नी को पतिता घोषित कर उसका त्याग कर दूँगा? यह कभी नहीं होगा, सदानीरा! तुम जाओ। उन लोगों से कह दो, यहाँ वन में रहकर, अपनी तपस्या के बल पर, गौतम समस्त कुलपतियों के सामूहिक सम्मान से बड़ा गौरव प्राप्त करके दिखाएगा ..."

"शांत होओ, प्रिय!" अहल्या ने अत्यंत मधुर स्वर में कहा, "और सखी सदानीरा को जाने के लिए कहकर उसका अपमान मत करो।"

गौतम हतप्रभ हो गए – सचमुच, सदानीरा को चली जाने के लिए उन्होंने कैसे कह दिया? घर आए अतिथि का अपमान!

"क्षमा करना, देवि! आवेश में कुछ अनुचित कह गया।"

अहल्या ने भोजन की व्यवस्था की और सबने साथ बैठकर खाया। रात को सदानीरा ने वहीं विश्राम किया। प्रात: मुँह-अँधेरे वह जाने को तैयार हो गई। सोए हुए शत का चुंबन ले उसने पूछा, "तो आचार्य से क्या कह दूँ, आर्य कुलपति?"

"मुझे स्वीकार नहीं।"

अहल्या, सदानीरा के साथ-साथ कुटिया से बाहर निकल आई। काफी देर तक वह चुपचाप चलती रही। आश्रम की सीमा पर आकर रुकी और बोली, "सखी! मैं तुम्हारी और आचार्य की कृतज्ञ हूँ कि तुम लोगों ने हमारा इतना हित साधा। मैं तुम्हें वचन देती हूँ, जैसे भी होगा, मैं कुलपति को भेजूँगी। यह हम सबके हित में है। उनके साथ शत भी आएगा। उन दोनों का ध्यान रखना। शत को तुम्हारे ही भरोसे भेज रही हूँ। आज से वह तुम्हारा पुत्र हुआ, बहन!"

अहल्या ने अपना माथा सदानीरा के कंधे से टिका दिया। सदानीरा का कंधा भीगता रहा। उसका हाथ अजाने ही अहल्या की पीठ को थपक, उसे सांत्वना-आश्वासन देता रहा। मुख से वह कुछ भी न कह सकी।

22

दिन-भर गौतम और अहल्या अपने-अपने कामों में लगे रहे और शत इधर-उधर खेलता रहा। आश्रम-भंग के बाद दैनिक आवश्यकताओं के घरेलू कार्यों का महत्त्व दोनों के लिए ही पहले से काफी बढ़ गया था। व्यस्तता तो पहले भी बहुत थी; आश्रम की व्यवस्था और निजी कार्यों के बाद, समय नहीं बचता था; किंतु उन कार्यों की प्रकृति और थी।

कार्य उन्हें एक-दूसरे से विशेष दूर भी नहीं ले गए थे। कुटिया के आस-पास की संक्षिप्त सीमाओं में रहने पर भी उनमें अधिक बातचीत नहीं हुई – दोनों ही एक-दूसरे से बच रहे थे। ऐसा न हो, बात अनायास ही निषिद्ध क्षेत्र में प्रविष्ट हो जाए। गौतम बात करना ही नहीं चाहते थे; और अहल्या उपयुक्त अवसर की प्रतीक्षा में थी।

संध्या के भोजन के पश्चात् अहल्या ने शत को सुला दिया।

अब बीच में कोई तीसरा व्यक्ति नहीं था। इस समय, किसी भी व्याज से, न तो बाहर जाया जा सकता था, न एक-दूसरे को टाला जा सकता था। आमना-सामना अनिवार्य था।

"आर्यपुत्र! क्या सोचा आपने?"

"किस विषय में?"

"जनकपुर जाने के विषय में।"

गौतम अपनी व्यथा और नहीं छिपा पाए। खुल पड़े, "प्रिये! मुझे ऐसा अत्याचार करने के लिए तुम कैसे कह सकती हो? मैं अपने स्वार्थ के लिए, यशस्वी होने के लिए अपनी निर्दोष कांता को लांछित कर दूँ? उसका त्याग कर दूँ? उसे दुर्बुद्धि, क्रूर समाज के प्रहारों

के सम्मुख असहाय और अरक्षित छोड़ दूँ? मुझसे इतना अत्याचार करवाना चाहती हो तुम? तुमने कभी सोचा भी है कि मेरे जाने के पश्चात् तुम्हारी क्या स्थिति होगी?"

अहल्या की आँखें गीली हो गईं, "मुझे गलत न समझो, गौतम! मैं अत्याचार करने के लिए नहीं कह रही। ... पर परिस्थितियाँ ही ऐसी आ गई हैं कि मुझे अपनी बलि देनी ही होगी। आपके और शत के बिना रहना मेरे लिए कितना कठिन होगा। शारीरिक असुरक्षा, असुविधा, मानसिक यातना, भावनात्मक क्लेश ... और न जाने क्या-क्या सहना पड़े। किंतु मैं अपने पति और पुत्र का भविष्य तो नष्ट नहीं कर सकती। मुझे इतनी स्वार्थिनी न बनाओ, प्रिय। और ... और ..." अहल्या की आँखों में जल के साथ ज्वाला उतरी, "और गौतम! उस दुष्ट इंद्र से प्रतिशोध लेने का एक यही मार्ग है ..."

"अहल्या!"

"हाँ, आर्यपुत्र! यदि आप लोग मेरे मोह में यहीं पड़े रहे," अहल्या का स्वर किसी अन्य लोक से आता प्रतीत हो रहा था, "तो इंद्र बेदाग बच जाएगा। पाप करके भी वह सम्मानित और पूज्य रहेगा, और हम पीड़ित और अपमानित। उस दुष्ट को दंडित करने के लिए मुझे कितनी ही असह्य यातना झेलनी पड़े, मैं सहर्ष झेलूँगी। आप जनकपुर जाएँ। कुलपति का पद स्वीकार करें और दुष्ट देवराज को शाप दें ..."

"अहल्या!"

"हाँ, प्रिय! यही एक मार्ग है। शत का शिक्षण हो। वह मिथिला-नरेश का राजपुरोहित बने। इसके लिए मैं यहाँ एकाकी तपस्या करूँगी और उस दिन की प्रतीक्षा करूँगी, जिस दिन यह समाज मुझे पवित्र मानकर आपकी योग्य धर्मपत्नी की मान्यता देगा ..."

गौतम ने अहल्या को अन्वेषक की दृष्टि से देखा – अहल्या अपनी पीड़ा की अग्नि में जलकर भस्म नहीं हुई थी, उसका तेज

जाग उठा था। ऐसा तेज, उग्रता और दृढ़ता गौतम ने अहल्या में पहले नहीं देखी थी। कितनी महिमामयी है अहल्या! ... मन हुआ, आगे बढ़कर उसके चरणों पर अपना मस्तक रख दें अथवा उसके चमकते भाल को चूम लें।

पर गौतम दोनों में से कुछ भी न कर सके। उन्होंने आगे बढ़कर अपना सिर अहल्या की गोद में रख दिया। अहल्या के हाथ गौतम के बालों को सहलाने, बिगाड़ने और सँवारने लगे।

"कहती तो ठीक हो, देवि!" गौतम का स्वर शांत था, "मैं कुलपतित्व तथा ऋषित्व का लोभ त्याग सकता हूँ। यश और सम्मान छोड़ सकता हूँ। शत के सुंदर भविष्य की उपेक्षा भी कर सकता हूँ। पर दुष्ट इंद्र से प्रतिशोध की तृष्णा नहीं त्याग सकता। पिछले दिनों मैं लगातार सोचता रहा हूँ, और अंततः इस निष्कर्ष पर पहुँचा हूँ कि मैं अत्यंत दीन और असहाय हूँ। मैं इंद्र के साथ समान धरातल पर नहीं लड़ सकता। ... पर आज पाता हूँ कि तुम मुझे बल दे रही हो, मार्ग सुझा रही हो। तुम समर्थ हो, अहल्या! किंतु मैं अत्यंत दुर्बल प्राणी हूँ। मैं तुम्हारे बिना नहीं रह पाऊँगा। तुम्हारे बिना शत का पोषण नहीं कर पाऊँगा ..."

"गौतम!" अहल्या के स्वर में अद्भुत स्नेह था, "दुर्बल न बनो, प्रिय! एक परीक्षा हम दे चुके हैं, अब एक परीक्षा और है। यदि हम साहसपूर्वक इस परीक्षा में पूरे उतर गए, तो ही हम निष्कलंक हो पाएँगे। आर्यपुत्र! परीक्षा सम्मुख खड़ी हो, तो हम पीछे नहीं हट सकते ..."

सहसा गौतम उठ बैठे, "पीछे हटने की बात नहीं है, प्रिये, हमें स्वयं को निष्कलंक सिद्ध करना है ... और इंद्र को दंडित भी करना है। पर उसका मूल्य?"

"मूल्य जो भी माँगा जाएगा, देना होगा, प्रियतम!" अहल्या पूरी तरह दृढ़ थी।

"मुझे तुम्हारा अवधि-रहित वियोग सहना होगा?"

"हाँ!"

"शत को अपनी माँ के अभाव में प्रौढ़ होना होगा?"

"हाँ!"

"तुम्हें इस वन में एकाकी, लांछित, असुरक्षित, तपस्यापूर्ण जीवन व्यतीत करना होगा?"

"हाँ!"

"अहल्या!" गौतम का स्वर उत्साह-शून्य हो गया, "भरे-पूरे आश्रम में, सबकी उपस्थिति में तुम्हारे प्रति इतना अत्याचार हो गया। अब तुम अकेली कैसे सुरक्षित रह पाओगी? क्या फिर कोई इंद्र नहीं आएगा?"

अहल्या का स्वर स्थिर था, "तब हम असावधान थे। इंद्र अतिथि था। किंतु अब वह स्थिति नहीं है। सीरध्वज के राज में ऐसी दुर्घटना की संभावना नहीं है। फिर भी, आप जनकपुर जाकर इस आश्रम की सुरक्षा की विशेष व्यवस्था करवा सकते हैं। मैं भरसक प्रयत्न करूँगी कि मैं जन-सामान्य के लिए अदृश्य बनी रहूँ, सावधान रहूँ, कुटिया के द्वार को मजबूत बनाऊँ; और अंततः अपने पास कोई शस्त्र रखूँ ताकि यदि कोई विपदा आ ही जाए, तो कम-से-कम आत्मघात तो कर ही सकूँ।"

गौतम की आँखें पत्नी की बुद्धि पर चमक उठीं, "तुमने तो सारी योजना बना रखी है, प्रिये!"

"हाँ गौतम! मैंने सदानीरा को वचन दिया है कि मैं आपको जनकपुर अवश्य भेजूँगी।"

"अहल्या।"

"हाँ, प्रिये! मेरा वचन रखना होगा।"

गौतम मौन रहे।

"बोलिए, मुझे वचन दीजिए कि आप मेरी बात पूरी करेंगे।"

"मुझे विचार करने का अवसर दो, प्रिये!"

गौतम मौन हो गए। अहल्या भी कुछ न बोली। दोनों अपने-अपने भीतर डूब गए।

23

गौतम ने वचन नहीं दिया था, पर अहल्या यह मानकर चल रही थी कि गौतम अगली ही सुबह जनकपुर जाएँगे । उसने प्राय: सारी तैयार कर दी थी। शत के लिए भी आवश्यक वस्तुएँ सहेज दी थीं।

अहल्या का व्यवहार अत्यंत कोमल और स्नेहिल था, जैसे एक लंबी विदाई से पूर्व, सुखद व्यवहार की पूँजी एकत्रित कर लेना चाहती हो।

सारी व्यवस्था कर, वह गौतम के पास आई। पहले उसने, पालथी बाँधे बैठे गौतम की गोद में अपना सिर रखा, प्यार की तीव्रता से भरे नयनों से अपने पति को देखा, फिर अपनी भुजाएँ उठाकर उनके गले में डाल दीं, "प्रातः चल पड़ेंगे न, प्रिय?"

"शत माँ के बिना कैसे रहेगा?"

"उसे सदानीरा रखेगी।"

गौतम फिर चुप हो गए।

"बोलो, प्रिय!"

"मुझे सोचने दो, अहल्या!"

"सोचो मत! मुझे वचन दो, आर्यपुत्र! आप इंद्र को दंडित करेंगे। ... करोगे न, गौतम!"

गौतम का तन-मन सब-कुछ पिघल गया। उन्होंने आज तक केवल अपनी ही पीड़ा समझी थी, अपने ही अपमान को पहचाना था। अहल्या के मन की पीड़ा आज पूरी तीव्रता से उनके सम्मुख प्रकट हो रही थी ...

"इंद्र को मैं अवश्य दंडित करूँगा, प्रिये!"

"गौतम!"

अहल्या पति के कंठ से झूल गई।

प्रात: काफी जल्दी ही अहल्या ने गौतम को जगा दिया। गौतम को लगा, अहल्या कई घंटे पूर्व ही जग गई थी, या फिर वह रात-भर सोई ही नहीं थी। किंतु अहल्या के मुख पर तनिक भी थकान नहीं थी। एक हलका-सा आवेश अवश्य था।

गौतम उठकर असमंजस की स्थिति में बैठे रहे। क्या करें – वे समझ नहीं पा रहे थे।

"आर्य कुलपति द्वंद्व में न पड़ें।" अहल्या ने सुहाग की मुसकान के साथ कहा, "निर्णय उनकी धर्मपत्नी का ही रहेगा।"

गौतम अपने शरीर को तैयार करते रहे, किंतु मन तैयार नहीं हो रहा था। अहल्या अपने निर्णय की कितनी पक्की है, यह वे देख रहे थे। शत को अहल्या ने पहले से ही तैयार कर दिया था।

"जाना ही होगा, अहल्या?"

"हाँ, आर्यपुत्र!"

"हम कहाँ जा रहे हैं, माँ?" शत ने पूछा।

"पिताजी तुम्हें नीरा मौसी से मिलाने ले जा रहे हैं, बेटा?"

"तुम नहीं चल रही, माँ?"

"पुत्र! वहाँ जाकर मुझे बुलवाने का प्रबंध करना।"

अहल्या का स्वर निमिष-भर के लिए काँपकर स्थिर हो गया, "व्यवस्था होते ही मैं आ जाऊँगी।"

गौतम के मन में कहीं जल्दी मच गई। उनका मन और नहीं देख पाएगा। और नहीं सह पाएगा। यदि वे और जरा-सी देर यहाँ रुके, तो फिर वे नहीं जा सकेंगे। उन्हें चल ही देना चाहिए।

"पुत्र शत! माँ के चरण छुओ।"

शत माँ के चरणों में झुक गया।

गौतम देख रहे थे, अहल्या ने दुर्बलता नहीं दिखाई। उसने अत्यंत संयत भाव से शत के सिर पर हथेली रख आशीर्वाद दिया, "यशस्वी ऋषि का पद पाओ, वत्स!"

किस धातु की बनी है अहल्या!

अहल्या ने आगे बढ़, गौतम के कंधों पर हाथ रख दिए, "आर्यपुत्र! इंद्र को दंडित करो।"

गौतम स्वयं को रोक नहीं पाए। उनका मोह छलछला आया। हाथ बढ़ाकर अहल्या को लिपटा लिया।

जब तक गौतम और शत पगडंडी के मोड़ पर उसकी दृष्टि से ओझल नहीं हो गए, अहल्या खड़ी रही। फिर उसने अत्यंत सहज गति से लौटते हुए, कुटिया के बाड़े का फाटक बंद किया। कुटिया के भीतर आकर द्वार की शृंखला चढ़ा ली। स्थिर दृष्टि से एक बार कुटिया की छत को देखा, और अगले ही क्षण टूटकर गिरे हुए पेड़ के समान शैया पर औंधी जा गिरी। उसकी आँखों से आँसू मूसलाधार वर्षा के समान बह रहे थे और कंठ में हिचकियों का मेला लग आया था।

24

नए आश्रम के कुलपति के रूप में गौतम का अभिषेक हुआ।

गौतम का न तन स्थिर था, न मन। बड़ी कठिनाई से वे स्वयं को साधे हुए थे। प्रत्येक क्षण उन पर भारी होता जा रहा था। वे नहीं जानते थे कि वे कब तक स्वयं को सँभाल पाएँगे, और कब कातर हो, टूटकर बिखर जाएँगे। उनके मुख पर कुलपति का-सा सहज भाव नहीं था। जैसे वे कुलपति न हों, कुलपति का अभिनय कर रहे हों।

जनकपुर पहुँचने पर उनका सहज स्वागत हुआ था, मानो लोगों को यह पूर्वाभास हो कि वे आ रहे हैं। संभव है, आचार्य ज्ञानप्रिय ने पहले ही से भूमिका तैयार कर रखी हो। सम्राट ने भी उन्हें कुलपति के रूप में तत्काल मान्यता दे दी थी; और उनके पद-ग्रहण के उत्सव की तैयारी का आदेश दिया था।

किसी ने उनसे अहल्या की चर्चा नहीं की थी। किसी ने नहीं पूछा था – वह कहाँ है? कैसी है? क्या वे उसे छोड़ आए हैं? अहल्या की चर्चा मानो निषिद्ध थी। उसके अस्तित्व को सायास भुलाया जा रहा था।

अभिषेक की तैयारी सम्राट् सीरध्वज के आदेशानुसार हुई थी। उन्होंने इस विषय में स्पष्ट रूप से अपनी विशिष्ट रुचि और अनुकंपा दिखाई थी। शत को गोद में लेकर चूम लिया था और पूछा था, "मेरे भावी राजपुरोहित! कैसे हो?" ऐसा कहने के लिए सम्राट् बाध्य नहीं थे – पर गौतम ने अनुभव किया, सम्राट् जान-बूझकर अपनी भावी नीति की घोषणा कर रहे हैं। वे शब्दों में कहे बिना ही स्पष्ट कर देना चाहते हैं कि गौतम के व्यक्तित्व में उनको पूर्ण निष्ठा है, वे गौतम

की सहायता करेंगे। उनकी समस्त महत्त्वाकांक्षाएँ पूरी करेंगे। उनके पुत्र को राजपुरोहित बनाएँगे। पर इन सबका मूल्य गौतम को देना होगा – अहल्या का त्याग!

क्या सीरध्वज अहल्या को दोषी मानते हैं?

गौतम के पास इसका कोई उत्तर नहीं था। पर इतना वे निश्चित जानते थे कि उन्हें यह मूल्य देना ही होगा ...

गौतम यज्ञशाला में बैठे। उनके साथ उपकुलपति के रूप में बैठाए गए आचार्य ज्ञानप्रिय। यह भी नई बात थी कि आचार्य अमितलाभ को उपकुलपति बनाए जाने की भी अनुमति सम्राट् ने नहीं दी थी। इस प्रथम यज्ञ में सम्राट् स्वयं उपस्थित थे।

विधिवत् कार्य आरंभ हुआ। मंत्रों के उच्चारण के साथ यज्ञ संपन्न हुआ।

और इसी क्षण से गौतम ने विधि को बदल डाला। यज्ञ से उठकर उन्होंने सम्राट् को आशीर्वाद नहीं दिया, आश्रमवासियों के सुख की कामना नहीं की। उन्होंने मंत्र-अभिषिक्त जल अंजलि में लिया, सूर्य की ओर मुख किया और स्थिर, गंभीर तथा उच्च स्वर में बोले, "मैं आश्रम का कुलपति गौतम, इस पवित्र जल को हाथ में लेकर, आज देवराज इंद्र को शाप देता हूँ, अपनी दुश्चरित्रता के कारण इंद्र देवराज होते हुए भी आज से आर्यावर्त्त में सम्मान्य तथा पूज्य नहीं होगा। उसे किसी यज्ञ, हवन, पूजा, ज्ञान-सम्मेलन अथवा किसी भी शुभ कार्य में आमंत्रित नहीं किया जाएगा। आज से देवोपासना में इंद्र का कोई भाग नहीं होगा, उसकी पूजा नहीं होगी।"

गौतम ने जलांजलि पृथ्वी पर छोड़ दी।

सभा सन्न रह गई। यह ऋषि का शाप था। क्या यह मान्य होगा?

सम्राट् अपने आसन से उठकर खड़े हो गए, “मैं, मिथिला-नरेश सीरध्वज घोषणा करता हूँ कि जब तक कुलपति गौतम अपने पद की मर्यादा का पालन करेंगे, उनके शाप की रक्षा का दायित्व मुझ पर होगा।”

और सम्राट् यज्ञशाला छोड़कर चले गए।

जो कुछ हुआ, वह गौतम के लिए भी आकस्मिक था। सम्राट् की कृपा का आश्वासन होते हुए भी उन्हें यह विश्वास नहीं था कि वे उनके शाप की रक्षा का वचन देंगे। ... आज गौतम ने इंद्र को दंडित किया था, यद्यपि उनके अपराध की तुलना में दंड वहुत कम था, किंतु उसे दंडित तो किया ही गया था – गौतम को प्रसन्न होना चाहिए था ... किंतु सम्राट् का प्रतिबंध ... क्या है कुलपति की मर्यादा? अहल्या का त्याग! यदि वे अहल्या को पत्नी के रूप में अंगीकार करेंगे, तो वे कुलपति की मर्यादा से पतित होंगे ... शायद यही। ... सम्राट् यही चाहते होंगे। ... सम्राट् स्वयं तो बँधे ही थे, गौतम को भी बाँध गए थे।

शिथिल मन से गौतम अपनी कुटिया की ओर चल पड़े। उनके पग उठ नहीं रहे थे। वे कुछ ही क्षणों में कई वर्ष बूढ़े हो गए थे।

कुटिया के द्वार पर शत खड़ा था।

“माँ कब आएँगी, पिताजी?”

गौतम बेटे को छाती से चिपकाकर रो पड़े। क्या बताते पुत्र को?

25

प्रातः ही विशाला के राजा सुमति विश्वामित्र की सेवा में उपस्थित हुए। उनके आने से पूर्व ही सामान बाँधा जा चुका था, प्रस्थान की तैयारी हो चुकी थी।

"ऋषिवर! विशाला में एक दिन विश्राम करने की मेरी प्रार्थना पर आपने विचार नहीं किया?"

विश्वामित्र हँसे, "राजन! विशाला में हमारा बहुत सत्कार हो चुका, और ठहरना संभव नहीं होगा। राम और लक्ष्मण ने महलों से आकर, बाहर वनों और उपवनों का जो प्राकृतिक वैभव देखा है, उसके कारण वे राजप्रासादों में रुकना नहीं चाहते। वे आगे जाने के पक्ष में हैं। वैसे भी राजन्! दशरथ से उन्हें मैं बहुत कम समय के लिए माँगकर लाया हूं। रुकना श्रेयस्कर नहीं है। हमें विदा दो। तुम्हारा कल्याण हो।"

विशाला से चलकर, उन्होंने मिथिला में प्रवेश किया। किंतु मिथिला-प्रदेश में प्रवेश करते ही, गुरु फिर किसी असमंजस में पड़ गए थे। अब उनकी गति में वेग नहीं रह गया था। उनका लक्ष्य भी ध्रुव नहीं था। वे अनमने-से कुछ सोचते जा रहे थे। अंततः जब गुरु ने रुकने का आदेश दिया, तो राम ने देखा – गुरु न तो जनकपुर के राजप्रासाद में रुके थे, न सीरध्वज की यज्ञ-भूमि में। वे लोग जनकपुर के बाहर किसी प्राचीन उपवन में रुक गए थे। किंतु गुरु का कदाचित् यहाँ वास करने का विचार नहीं था। उन्होंने पीछे आते हुए छकड़ों से सामान उतारने का कोई आदेश नहीं दिया था। वे खड़े-खड़े कुछ सोच रहे थे।

"यह उपवन कुछ असाधारण है, गुरुदेव!" एक लंबे मौन के पश्चात् राम बोले।

"हां, महाबाहु!" गुरु का स्वर गंभीर था, "यह साधारण उपवन नहीं है। यह एक प्राचीन आश्रम है।"

राम मुग्ध होकर उस आश्रम को देख रहे थे। ऐसा सुंदर आश्रम कदाचित् उन्होंने इससे पहले नहीं देखा था। इस आश्रम पर प्रकृति की भरपूर कृपा थी। पेड़, पौधे, लताएँ, कुंज, झाड़ियाँ, पुष्प, फल, पशु, पक्षी – सब इतने विपुल, इतनी मात्रा और इतनी अधिक संख्या में थे, जैसे प्रकृति का सौंदर्य पुंजीभूत हो, एक जगह पर आ गया हो। ऐसा नहीं लगता था कि मनुष्य ने उसको किंचित् सँवारने के अतिरिक्त कभी उसका क्षय भी किया हो, जैसे मानवीय हाथ यदि कभी इस आश्रम को लगे, तो उसके निर्माण के लिए ही लगे। मानवीय बाधा के कारण उसमें कहीं कोई दोष दिखाई नहीं पड़ता था – मानो उस आश्रम का कभी उपयोग ही न हुआ हो, वहाँ कोई रहता ही न हो। कितना सन्नाटा है! सब ओर शांति, स्तब्धता! कैसा तो एक रहस्य का-सा आभास होता है!

"भैया! यह आश्रम पिताजी द्वारा ब्याहकर लाई और किसी महल में ठहराकर भुला दी गई, किसी रानी जैसा अछूता नहीं लगता क्या?" लक्ष्मण ने बहुत धीरे-से राम के कान में कहा।

किंतु राम अतिरिक्त रूप से गंभीर थे। उन्होंने लक्ष्मण की बात सुनी, आँखों ही आँखों में उसकी चपलता को सराहा और डाँटा। अंत में विश्वामित्र की ओर मुड़े।

विश्वामित्र हलके-हलके मुसकरा रहे थे, जैसे जानते हों कि राम अभी इसी मुद्रा में उनकी ओर मुड़ेंगे।

"राम! है न यह आश्रम अद्भुत और विचित्र!" गुरु का स्वर करुणायुक्त हो गया, "राघव! यह ऋषि गौतम का वही परित्यक्त आश्रम है, जहाँ इंद्र द्वारा अहल्या पर अत्याचार हुआ था।"

लक्ष्मण की आँखों में क्रोध उमड़ा और मुख से अनजाने ही हुंकार फूटी, "इंद्र! भ्रष्ट सत्ताधारी!"

राम की गंभीरता में करुणा घुल गई।

विश्वामित्र अपने प्रवाह में कह रहे थे, "आज भी अहल्या, सामाजिक रूप से परित्यक्त, मानवीय समाज से असंपृक्त, अपने इस आश्रम में सर्वथा एकाकी, जड़वत्, शिलावत् निवास कर रही है। वह सामाजिक मर्यादा पाने की प्रतीक्षा कर रही है।"

लक्ष्मण के रौद्र रूप पर हलका-सा कौतूहल छा गया। अनजाने ही उनकी आँखों में जिज्ञासा झाँक गई, "अर्थात् कथा यहाँ रुकी पड़ी है?"

"कथा यहाँ रुकी नहीं पड़ी, लक्ष्मण!" राम किसी स्वप्नलोक में से बोल रहे थे, "वह आगे बढ़ाए जाने की प्रतीक्षा कर रही है।"

विश्वामित्र के मन का कोई तंतु भीग उठा; राम सचमुच उनकी इच्छित दिशा में सोच रहे हैं। राम निश्चय ही कर्म करेंगे; उचित कर्म!

राम के मन में बिखरे अनेक प्रश्न, भाव, सूत्र एक आकार ग्रहण कर रहे थे। उन सबका केंद्रीकरण उन्हें कर्म की ओर प्रेरित कर रहा था। वे सोच रहे थे – 'गुरु विश्वामित्र उन लोगों को सीधे जनकपुर न ले जाकर यहाँ क्यों लाए हैं? सिद्धाश्रम से चलते ही उन्होंने अहल्या की कथा क्यों आरंभ कर दी थी? क्यों पिछले तीन दिनों से वे अहल्या के विरुद्ध हुए अत्याचार को रेखांकित कर रहे हैं? क्या चाहते हैं गुरु?'

कर्म का समय आ गया था। राम निर्णय पर पहुँच गए थे।

"ऋषिवर! क्या मुझे देवी अहल्या के सम्मुख उपस्थित होने की अनुमति है?"

ऋषिवर छलछला आई आँखों से हँस पड़े, "राघव! तुम्हें भी अनुमति की आवश्यकता है? आज तक अनुमति की ही प्रतीक्षा करते रहे – सीरध्वज, शतानंद, गौतम ... तुम भी अनुमति माँगोगे, पुत्र! तो तुम उनसे कैसे भिन्न होओगे? अनुमति की आवश्यकता उन्हें होती है रघुनंदन, जो दायित्व का बोझ या तो अपने कंधों पर उठा नहीं सकते, या उठाना नहीं चाहते। तुम अपने लिए स्वयं निर्णय करो।"

राम का आत्मविश्वास उनके होंठों पर मुसकराया, "आओ, सौमित्र!"

लक्ष्मण इस समय अपने मन को पहचान नहीं पा रहे थे। वे क्रुद्ध थे, क्षुब्ध थे, पीड़ित थे, दीन थे, विस्मित थे, आतुर थे ... क्या चाहते हैं वे? भैया राम निश्चित रूप से अनिर्णय की स्थिति में नहीं थे। वे बिखरे हुए भी नहीं थे, वे पूरी तरह एकाग्र थे।

सम्मोहित-से लक्ष्मण चुपचाप राम के पीछे चल पड़े। राम के क्रिया-कलाप में कोई उत्तेजना नहीं थी। उनकी गति और मुद्रा सहज हो चुकी थी।

राम आश्रम के केंद्र की ओर बढ़ रहे थे। सामान्यतः कुलपति की कुटिया आश्रम के केंद्र में ही हुआ करती है। एक स्थान पर रुककर उन्होंने चारों ओर देखा। एक कुटिया, जो अपने आकार-प्रकार में भी विशिष्ट थी और जिसके चारों ओर विशेष रूप से एक सुदृढ़ बाड़ बनाई गई थी, उनके सामने थी। कदाचित् यही कुलपति की कुटिया होगी।

राम ने बाड़े का फाटक खोला और भीतर चले गए। कुटिया के द्वार पर क्षणभर के लिए रुक, खटखटाने के लिए हाथ बढ़ाया, तो द्वार अपने-आप ही खुल गया – वह भीतर से बंद नहीं था। राम ने द्वार पूरी तरह खोल दिया, कुछ क्षणों तक प्रतीक्षा की और भीतर प्रवेश किया।

विश्वामित्र उनके पीछे-पीछे आकर, कुटिया के द्वार पर खड़े हो गए। वे इसी क्षण की प्रतीक्षा पिछले पच्चीस वर्षों से कर रहे थे ... आज राम और लक्ष्मण, स्वयं अपनी इच्छा से, अहल्या की कुटिया में प्रवेश कर, उसके सम्मुख जा खड़े हुए थे। राम अहल्या के सामाजिक बहिष्कार का अंत करने के लिए उद्यत थे; और एक बार राम द्वारा अहल्या को सम्मान मिल गया, तो फिर कोई अन्य जन अहल्या के साथ दुर्व्यवहार नहीं कर सकेगा।

26

अस्पष्ट-सी आहट से अहल्या का ध्यान भंग हो गया। उसने अचकचाकर आँखें खोल दीं। सिर उठाकर देखा – आकृतियों को पहचानने में उसे थोड़ा समय लगा। वर्षों से उसने किसी मानव-आकृति को इतने समीप से नहीं देखा था। वह तो प्रायः भूल ही गई थी कि किसी और मानव का भी इस लोक में अस्तित्व है। ... धीरे-धीरे उसके मस्तिष्क में, उसके कल्पनालोक में, उसके विचारों में आकृतियाँ लौट रही थीं – जीवित प्राणियों की ... मानवों की। ... उसने पहचानना आरंभ किया ... उसके सम्मुख एक नवयुवक और एक किशोर – दो सुंदर राजसी पुरुष खड़े थे ... और उनके पीछे, कुटिया के द्वार पर खड़े थे ... कौन? विश्वामित्र ... हाँ, वे ही थे। पिछले वर्षों में वे कितने बदल गए थे, किंतु उन्हें पहचानना कठिन नहीं था। ...

अहल्या समझ नहीं पा रही थी कि क्या करे? वर्षों का अंतराल बीत गया। कभी कोई उसकी कुटिया में नहीं आया, उसके आश्रम में नहीं आया। ... और आज ऐसा क्या हो गया कि स्वयं ऋषि विश्वामित्र इन दो राजपुरुषों के साथ उसकी कुटिया में आ गए हैं। क्या अब वह पतिता नहीं रही? क्या अब वह मानव-समाज को स्वीकार्य है? क्या अब वह अपने पति और पुत्र से मिल पाएगी? उसके कारण लोग उन्हें अपमानित नहीं करेंगे ... ये ऐसे कौन पुरुष हैं, जिन्होंने इतने भयंकर सामाजिक विरोध की चिंता नहीं की ...?

वर्षों से रुद्ध कंठ से वाणी फूटी। अहल्या स्वयं ही अपना स्वर पहचान नहीं पा रही थी। उसके अपने कानों को ही अपना

स्वर अपरिचित लग रहा था। अपने एकांत-जीवन के आरंभिक दिनों में कभी-कभी परेशान होकर वह अपने-आपसे बातें करने लगती थी – जोर-जोर से चिल्लाने लगती थी। पर, अब तो उस बात को भी बहुत समय बीत चुका है।

"ऋषि विश्वामित्र! इतने लंबे अंतराल के पश्चात् आपको अपनी कुटिया में आया देख मेरे मन में क्या हो रहा है – उन भावों को अभिव्यक्त नहीं कर सकती। ऋषिवर! आप अपने साथ किनको लाए हैं? ये दो राजकुमार-से नवयुवक कौन हैं?"

"देवि अहल्या! मैं इन्हें नहीं लाया। ये लोग मुझे लाए हैं। इनके बिना, मैं स्वयं भी यहाँ तक आने का साहस कभी नहीं कर पाया था।"

राम और लक्ष्मण अब तक चुपचाप अहल्या को देख रहे थे – एक अलौकिक कलाकृति-सी निर्मित, महिमामयी नारी। तपस्या से तपी हुई आकृति, यातना और साधना से प्राप्त की गई पवित्रता। हिम-से श्वेत केश, किंचित् लाली लिए हुए गोरा रंग, अथाह वेदना से भरी हुई पारदर्शी आँखें, ऊँची नाक – ऐसा अलौकिक भाव उन्होंने इससे पहले किसी मुख पर नहीं देखा था। किंतु अब वहाँ वह युवती नहीं थी, जिस पर इंद्र की दूषित दृष्टि पड़ी थी। पच्चीस असाधारण वर्षों की काल-यात्रा उस आकृति पर अपनी अमिट छाप छोड़ गई थी ...

राम आगे बढ़े। उन्होंने झुककर अहल्या के चरण छुए।

लक्ष्मण ने उनका अनुसरण किया।

"देवि! मैं कौसल्या और दशरथ का पुत्र राम आपको प्रणाम करता हूँ। मेरे साथ मेरे छोटे भाई सौमित्र लक्ष्मण हैं।"

अहल्या के मन में ज्वार उठा। राम और लक्ष्मण साधारण मनुष्य नहीं हैं। आज तक किसी सम्राट् या राजकुमार को इतना साहस नहीं हुआ कि वह इस पतित नारी के द्वार पर आ सकता।

स्वयं सीरध्वज यहाँ तक आने के लिए सहमत नहीं हुए। अद्भुत हैं राम और लक्ष्मण! और ऋषि विश्वामित्र कहते हैं कि ये दोनों राजकुमार ही उन्हें यहाँ लाए हैं। क्रांतिद्रष्टा ऋषि ने ऐसा क्या किया कि राम ने संपूर्ण आर्यावर्त्त के विरोध की ऐसी उपेक्षा कर डाली ...

अहल्या स्वयं को भूल गई। अपने परिवेश को भूल गई। वर्षों से मन में जमी ग्लानि किसी अनबूझी प्रक्रिया से कृतज्ञता में परिणत हो गई। शरीर और मन की जड़ता जैसे शून्य में विलीन हो गई। एक विचित्र-सी प्रसन्नता से आँखें डबडबा आईं और वाणी वाचाल हो गई, "तुमने मेरे चरण छुए हैं, राम और लक्ष्मण! तुम्हारा कल्याण हो। इच्छा होती है कि मैं तुम्हारे चरण छू लूँ। ... मैं अपनी कृतज्ञता किस रूप में अभिव्यक्त करूँ? तुम लोग नर-श्रेष्ठ हो। युग-पुरुष हो। कदाचित् आज तक मैं तुम लोगों की ही प्रतीक्षा कर रही थी। मैं ही नहीं, आज संपूर्ण आर्यावर्त्त तुम्हारे जैसे युगपुरुष की प्रतीक्षा कर रहा है। मैं अकेली जड़ नहीं हो गई थी, संपूर्ण आर्यावर्त्त जड़ हो चुका है। वे सब तुम्हारी प्रतीक्षा कर रहे हैं। वीर बंधुओ! तुम उनमें उसी प्रकार प्राण फूँको, जिस प्रकार तुमने मुझमें प्राण फूँके हैं। तुम संपूर्ण दलित वर्ग को सम्मान दो, प्रतिष्ठा दो। सामाजिक रूढ़ियों में बँधा यह समाज न्याय-अन्याय, नैतिकता-अनैतिकता आदि के विचार और प्रश्नों के संदर्भ में पूर्णतः जड़-पत्थर हो चुका है। राम! तुम इन सबको प्राण दो। ... मेरी प्रतीक्षा आज पूरी हुई। मेरी साधना आज सफल हुई। तुमने आज स्वयं आकर मेरा उद्धार किया है, आज मैं निर्भय, ग्लानिशून्य मन से कहीं भी जा सकती हूँ। ... मेरा आत्मविश्वास लौट आया है। मैं निःसंकोच अपने पति के पास जा सकती हूँ। मेरा मन किसी से आँखें नहीं चुराएगा। राम! तुमने मेरे दुविधाग्रस्त मन को विश्वास दिला दिया है कि मैं अपराधिनी नहीं हूँ। वह अपराध-बोध मेरा भ्रम था ..."

शिलाओं को पिघला देने वाली राम की मुसकान उनके अधरों पर आई, "देवि! आप मुझे इतना महत्त्व न दें। मुझे ही अपनी ओर से कुछ कहने दें। मैं उन संपूर्ण लोगों की ओर से आपसे क्षमा-याचना करता हूँ, जिन्होंने आपका अपराध किया है, और प्रतिज्ञा करता हूँ कि जीवन में जब कभी इंद्र से साक्षात्कार हुआ, उसे प्राण-दंड दूँगा। ... मेरा वय अधिक नहीं, ज्ञान भी इतना नहीं, जितना इन ऋषियों, तपस्वियों-मुनियों और साधकों का है। मेरे सम्मुख तो अपना मार्ग भी स्पष्ट नहीं है। परंतु मैं अत्यंत चकित और पीड़ित हूँ। ये सत्य, उचित और न्याय को जानते हैं। किंतु ये निष्क्रिय और जड़ हुए पड़े हैं। किस भय से? आपने कहा है, देवि! इन सबको युगपुरुष की प्रतीक्षा है, जो इन्हें इस जड़ता से उबार नवजीवन दे सके; किंतु वह पुरुष मैं ही हूँ – कैसे कहा जा सकता है। पर, हाँ! मैं प्रयत्न करूँगा कि इस जड़ता को यथाशक्ति तोड़ूँ। देवि! मैं तो आज तक अपनी माँ को ही बहुत पीड़ित मानता था, पर आपने तो उससे भी कहीं अधिक सहा है।"

"धन्य, राम!" विश्वामित्र का उल्लसित स्वर गूँजा, "पुत्र! तुम मेरी अपेक्षाओं से भी उच्च हो, परे हो। ... जाओ, देवि! तुम्हें कौसल्या के पुत्र राम का संरक्षण प्राप्त है। अब कोई भी जड़ चिंतक, ऋषि, मुनि, पुरोहित, ब्राह्मण, समाज-नियंता तुम्हें सामाजिक और नैतिक दृष्टि से अपराधी नहीं ठहराएगा।"

अहल्या समझ नहीं पा रही थी कि वह क्या करे? उसके हृदय में कितनी उथल-पुथल थी! उस सबको वाणी देने के लिए उसके पास शब्द नहीं थे। उसके हाथ, आयु में स्वयं से बहुत छोटे, राम के सम्मुख जुड़ गए। उसकी आँखों से धाराप्रवाह अश्रु बह रहे थे। उसने ऐसे आनंद का अनुभव पहले कभी नहीं किया था। शब्दों में कुछ न कह सकी, तो उसने अपना माथा झुकाकर, अपने जुड़े हाथों पर टिका दिया।

अहल्या की कातरता देखकर नवयुवक राम अपने भीतर अत्यंत परिपक्व और प्रौढ़ पुरुष, वयोवृद्ध व्यक्ति का-सा अनुभव करने लगे। बोले, "कातरता छोड़ो, देवि! प्रफुल्ल और प्रसन्न होओ।"

अहल्या अपनी विह्वलता से उबरी। स्वयं को संतुलित किया और बोली, "मेरी भूल क्षमा करो। मैं अपने-आपमें ही भूली रही। आप लोगों को बैठने तक को नहीं कहा। आसन ग्रहण करें। मैं कुछ फल-फूल ले आऊँ ..." सहसा उसकी वाणी उत्साहशून्य हो गई, "... मेरे हाथ का भोज्य ग्रहण कर ..."

"अहल्या!"' विश्वामित्र ने स्नेह-सधे कठोर स्वर में डाँटा।

राम अपनी सहज गंभीरता छोड़ अट्टहास कर उठे।

अहल्या अत्यंत हलके मन से कुटिया से बाहर निकल गई।

27

लक्ष्मण की आँखों के सम्मुख इतना कुछ तेजी से घट गया था। उनके मन में उथल-पुथल मच गई थी। अब तक वे कुछ बोले नहीं थे, अब बहुत-कुछ कहना चाह रहे थे, किंतु किससे कहते! भैया राम और गुरु विश्वामित्र दोनों ही कहीं बहुत गहरे डूबे-डूबे लग रहे थे। अब तक वे देवी अहल्या के लिए पीड़ित और चिंतित हो सकते थे, पर अब क्या है ...

"गुरुदेव!" सहसा राम बोले, "ब्रह्मचारी-समुदाय क्या आश्रम के बाहर ही रुकेगा?"

"ओह!" विश्वामित्र चौंके, "नहीं, राम! तुमने यह स्थान तीर्थ-सा पवित्र कर दिया है। उन लोगों को यहाँ अवश्य आना चाहिए। सौमित्र, तुम पुनर्वसु तथा अन्य ब्रह्मचारियों को बुला लाओ, वत्स!"

लक्ष्मण संकुचित-से उठकर खड़े हो गए। भागने की तैयारी कर, जैसे थमकर बोले, "मैं जा रहा हूँ, गुरुदेव! पर मेरे आने से पहले कथा आगे न बढ़े।"

लक्ष्मण दौड़ते हुए कुटिया से निकल गए।

लक्ष्मण ब्रह्मचारियों को लिवाकर आए, तो कुछ ही क्षणों में अहल्या भी लौट आई। अनेक ब्रह्मचारियों को देख, उसने प्रसन्न विस्मय प्रकट किया। अपने आँचल में लाए हुए अनेक फल, उसने धोकर, पत्तों पर रख, अतिथियों को अर्पित कर दिए।

"मेरा शत अब कितना बड़ा हो गया है, ऋषिवर?" अहल्या ने विश्वामित्र से पूछा, और उसकी आँखें राम के चेहरे पर मँडराने लगीं – "इतना बड़ा हो गया होगा शत! राम से भी कुछ बड़ा। क्या इतना ही सुंदर? ..."

"देवि! तुम्हारा पुत्र अब ऋषि शतानंद है, जो सम्राट् सीरध्वज का राजपुरोहित है।"

अहल्या की आँखें आनंद से मुँद गईं – धन्य हो गौतम! तुमने हम दोनों का स्वप्न पूरा किया। ... क्षण भर में ही सचेत होकर बोली, "और आर्यपुत्र कैसे हैं?"

"गौतम तुम्हारी आतुर प्रतीक्षा कर रहे हैं, देवि!"

अब लक्ष्मण स्वयं को रोक नहीं पाए; जाने इन लोगों का वार्तालाप कब तक चलता रहे। बोले, "क्षमा करें, गुरुदेव! कथा पच्चीस वर्ष पूर्व ही रुक गई थी। आगे क्या हुआ?"

गुरु करुणा को रोक मुसकरा पड़े, "आगे की कथा देवि अहल्या की एकांत साधना की करुण गाथा है। वे ही सुनाएँ तो सुनाएँ।"

अहल्या कुछ-कुछ आभास पा गई थी। बोली, "बालक! तुम मेरी कथा पूछ रहे हो?"

"हाँ, देवि! ऋषि गौतम के चले जाने तक की कथा हमें गुरुदेव ने सुना दी है। आगे की बात सुनना चाहता हूँ।"

"पुत्र! मेरी कथा क्या होगी?" अहल्या का स्वर गंभीर था, किंतु उदास नहीं, "कितने ही समय तक मैं अपनी कुटिया से नहीं निकली। अपनी शैया पर पड़ी-पड़ी रोती रही। पर जब रो-रोकर मन की पीड़ा बहा चुकी और भूख-प्यास से पीड़ित हुई, तो मुझे उठना ही पड़ा। मेरे पास डूँडी और दो-चार गाएँ थीं, फलों के कुछ वृक्ष थे, आश्रम में साग-सब्जी थी। मुझे उन सबकी रक्षा करनी थी, ताकि वे मेरी रक्षा कर सकें। मैं इन्हीं कामों में लगी रही। खाली समय में बैठकर कभी पुरानी बातें और कभी अपने प्रियजनों को याद कर लेती; और यदि मन मानता तो ब्रह्म का ध्यान भी करती। पुत्र! इन दिनों मैं आश्रम से बाहर कभी नहीं निकली।

"पर लक्ष्मण! दो-तीन सप्ताह पश्चात् एक दिन मैं कुछ अस्वस्थ हो गई। तेज ज्वर चढ़ आया और सिर पीड़ा से फटने लगा। जब तक सहन कर सकती थी किया, किंतु जब कष्ट असहनीय हो उठा तो मैंने आश्रम के बाहर के किसी ग्राम में, किसी वैद्य की सहायता लेने की सोची। पुत्र! बिना सोचे-समझे मैं ज्वर की अवस्था में चल पड़ी। मुझे दिशा का कोई ज्ञान नहीं था, दूरी का पता नहीं था। पर मैं चलती गई।

"पहले ग्राम में जो पहला घर मुझे दिखा, मैंने उसी के द्वार पर थाप दी। द्वार खुला। एक प्रौढ़ व्यक्ति बाहर निकला। उसने मुझे पहचानकर एक चीख मारी, जैसे कोई प्रेत देख लिया हो। लोग चीखते-चिल्लाते घरों से निकल आए। मैं उनकी ओर बढ़ती तो वे भाग जाते। घर में घुस जाती तो वे अपने घर-द्वार छोड़कर निकल जाते। मुझसे दूर रहकर, मेरी छाया से भी बचते हुए, वे लोग चिल्ला रहे थे, शोर मचा रहे थे। दो-एक ढेले भी मेरे सिर पर लगे। ..."

"ढेले!" लक्ष्मण बोले, "कितने दुष्ट हैं लोग!"

"उन्हें क्या दोष दूँ, लक्ष्मण!" अहल्या बोली, "पता नहीं, वे कौन थे? पर भोले और अनजान लोग थे। मुझे पतिता घोषित करने वाले तो कोई और थे – ऋषि-मुनि, आचार्य-विद्वान्, समाज-नियंता ... पर खैर, मैं आश्रम में लौट आई। शैया पर पड़े-पड़े, दो दिनों में ज्वर अपने आप ही उतर गया। तब से मैं अपने आश्रम से बाहर कभी नहीं गई। बाहर से आश्रम के भीतर भी कोई नहीं आया ... यह वस्त्र भी, वत्स!" अहल्या ने उत्तरीय हाथ में पकड़कर दिखाया, "स्वयं बोई कपास से काता और बुना गया है। ... इस कथा में कोई मोड़ नहीं है, पुत्र! पच्चीस वर्षों में पहला मोड़ तुम लोगों ने यहाँ आकर दिया है। ..."

"आप तो मुझे बहुत भली लगती हैं, देवि!" लक्ष्मण बोले, "आपकी जगह मैं होता तो ऋषि गौतम और शतानंद को कभी न जाने देता, यदि वे चले जाते तो उन्हें कभी क्षमा न करता ..."

अहल्या हँसी, "मैं भी ऐसा ही करती, लक्ष्मण! यदि उनके मन में मेरे प्रति तनिक भी विरोध होता। पर उनके मन में विरोध नहीं था, द्वेष नहीं था। उन्हें मैंने भेजा है और वे आज भी मेरी प्रतीक्षा कर रहे हैं ... इसीलिए तो मैं भी जाने को आतुर हूँ।"

"तो उठो, देवि!" विश्वामित्र बोले, "हम तुम्हें ऋषि गौतम को सौंपते हुए ही जनकपुर जाएँगे।"

28

जनकपुर के बाहर, जल की सुविधा देखकर, एक आम्र-वाटिका में गुरु विश्वामित्र ने शिविर स्थापित करने की आज्ञा दी।

राम ने अपना धनुष एक पेड़ के तने के साथ टिकाया, कंधे से तूणीर उतार उसी के साथ रखा और उसी पेड़ का सहारा लेकर बैठ गए। लक्ष्मण ने भाई के सुविधापूर्वक बैठ जाने भर की प्रतीक्षा की, और धीरे से आकर उनके पास घुटनों के बल बैठ गए।

राम लक्ष्मण की इस मुद्रा को जानते थे। उन्हें बैठना नहीं था। कोई बात कहकर तत्काल भाग जाने की उनकी यही मुद्रा थी।

"भैया! मैं जरा अपनी गिनती पक्की कर लूँ। कई दिनों से अभ्यास छूट गया है।"

राम ने लक्ष्मण को ध्यान से देखा। लक्ष्मण शरारत से मुसकरा रहे थे। राम समझ गए, "अमराई घूमना चाहते हो?"

"नहीं। जरा पेड़ गिनूँगा। आम के प्रकारों का निरीक्षण भी करूँगा – वनस्पतिशास्त्र का मेरा ज्ञान भी कुछ पीछे छूट गया लगता है।"

"अधिक देर मत लगाना।"

लक्ष्मण चले गए; और राम अपने मन की गुत्थियों में खो गए।

गुरु ताड़का-वध की बात कहकर राम को लाए थे; किंतु अब तक राम अच्छी तरह जान गए थे कि बात केवल ताड़का-वध की नहीं थी। गुरु ने इस भू-खंड के भविष्य को बहुत दूर तक देखने का प्रयत्न किया था। वे भविष्य में किसी व्यापक संघर्ष की बात सोच रहे थे। उन्होंने अनेक बार ऐसे संकेत दिए थे। उन्होंने कई बार कहा था कि वे उस संघर्ष के सारे

सूत्र जोड़ देना चाहते हैं। राम ने अब तक भली प्रकार देखा था कि गुरु कोई बात व्यर्थ नहीं कहते, कोई काम निरुद्देश्य नहीं करते, कहीं भी बिना किसी निश्चित लक्ष्य के नहीं जाते। ऋषि के मन में भविष्य के लिए एक निश्चित योजना थी। वे उसी योजना के अनुसार आगे बढ़ रहे थे।

उन्होंने राम को सिद्धाश्रम से अयोध्या नहीं लौटने दिया – क्यों? पहले गौतम के परित्यक्त आश्रम पर ले गए। अब यहाँ लाए हैं। यहाँ क्या है? सुना है, सीरध्वज कोई धार्मिक अनुष्ठान कर रहे हैं। उससे विश्वामित्र को क्या? वे राम को यहाँ क्यों लाए?

इसमें भी गुरु का कोई निश्चित उद्देश्य होना चाहिए।

क्या है वह उद्देश्य? ...

पीछे आते हुए छकड़े आ पहुँचे थे। गाड़ीवान बैलों को रोककर नीचे उतर आए थे। सामान उतारा जा रहा था। पुनर्वसु अपने ब्रह्मचारी साथियों के साथ शिविर की व्यवस्था में लग गया था। गुरु उन्हें तरह-तरह के आदेश दे रहे थे।

अंत में गुरु ने कहा, "पुनर्वसु! जनकपुर में राजपुरोहित शतानंद को सूचना दो कि हम लोग यहाँ पहुँच चुके हैं। और पुत्र! उन्हें यह बताना मत भूलना कि मेरे साथ दाशरथि राम और लक्ष्मण भी हैं।"

"जो आज्ञा, गुरुदेव!" पुनर्वसु चला गया।

राम ने गुरु का आदेश सुना। शतानंद को अपने आने की सूचना देना साधारण बात थी। शतानंद के माध्यम से ही यह सूचना सम्राट् सीरध्वज को भी मिल जाएगी। किंतु दाशरथि राम और लक्ष्मण के साथ होने की सूचना को इतना विशिष्ट महत्त्व देने का अर्थ? क्या विश्वामित्र शतानंद को यह स्मरण कराना चाहते हैं कि राम ने अहल्या को एक लंबी यातना से मुक्त किया है? क्या गुरु शतानंद को प्रभावित करना चाहते हैं? पर क्यों?

राम को कोई उत्तर नहीं मिला।

29

सीरध्वज को सूचना मिली।

विश्वामित्र का आना कोई नई बात नहीं थी। यदा-कदा कौशिकी- तट से सिद्धाश्रम और सिद्धाश्रम से कौशिकी-तट की ओर आते-जाते, वे जनकपुर के बाहर वाटिका में रुक जाया करते थे। उनका संदेश पाकर, सीरध्वज उनके दर्शनों के लिए उपस्थित हुआ करते थे। ... और इन दिनों तो सीरध्वज यज्ञ का अनुष्ठान कर रहे थे। अनेक ऋषि-मुनि इन दिनों जनकपुर के आस-पास ठहरे हुए थे। विश्वामित्र का इस अवसर पर आना सर्वथा अपेक्षित था।

... किंतु दशरथ के राजकुमारों का आना अपूर्व बात थी। सीरध्वज समझ नहीं पा रहे थे कि यह शुभ है, अथवा अशुभ। वे इससे प्रसन्न हों या अप्रसन्न। ... जहाँ तक उन्हें अपने पूर्वजों का स्मरण था, आज तक अयोध्या-नरेशों के साथ उनका कभी कोई संपर्क नहीं रहा। किसी समय व्रात्य कहकर उन्हें पाश्चात्य आर्यों ने अपने समाज से बहिष्कृत किया था और तब से यह वैमनस्य और असंपर्क निरंतर चला आ रहा था। दशरथ की ओर से कभी कोई ऐसा प्रयत्न नहीं हुआ, जिससे उन दोनों में कोई संपर्क स्थापित हो सकता। तो फिर सीरध्वज ही क्यों अपनी ओर से सक्रिय होते? वे स्वयं को किसी भी प्रकार पाश्चात्य आर्यों से हीन नहीं पाते। सीता के संबंध में जब उन्होंने अजगव-विषयक प्रण किया था, तो उसकी सूचना सभी दिशाओं में भिजवाई थी, किंतु अयोध्या तक उनका दूत कभी नहीं गया। ... और आज राम और लक्ष्मण, स्वयं चलकर जनकपुरी के बाहर, वाटिका में

आ उपस्थित हुए हैं। ... सीरध्वज इसे क्या समझे? क्या प्रकारांतर से दशरथ ने मैत्री का हाथ बढ़ाया है? या यह दशरथ की कोई अबूझनीय चाल है? या राम और लक्ष्मण अपने पिता को सूचना दिए बिना ही विश्वामित्र के साथ यहाँ आ गए हैं? ...

... विश्वामित्र अद्भुत ऋषि हैं – उदारमना। अत्यंत मौलिक ढंग से सोचने वाले। वे इस प्रकार के अनेक कार्य करते रहे हैं, जो अन्य लोगों के लिए अकल्पनीय थे। ... और सीरध्वज ने, इन लोगों के जनकपुर आने की सूचना के साथ, अपने चरों से एक सूचना और पाई है – विश्वामित्र के साथ राम और लक्ष्मण अहल्या के आश्रम पर भी गए थे।

... अहल्या का आश्रम, अर्थात् गौतम का प्राचीन आश्रम।

सीरध्वज के मन में पच्चीस वर्ष पूर्व घटित अनेक घटनाएँ सजीव हो उठीं। ... वे वहाँ उपस्थित थे। उनका मन यह मानता था कि अहल्या का कहीं कोई दोष नहीं था ... पर इंद्र जाते-जाते अहल्या को लांछित कर गया था और अनेक लोगों ने उसका विश्वास भी कर लिया था। आश्रम के उपकुलपति ने स्वयं आश्रम को भ्रष्ट घोषित कर दिया था। सीरध्वज क्या करते? क्या वे धर्म-नेताओं का विरोध करते? ... धर्म-नेताओं का विरोध सोच-समझकर ही किया जा सकता था। फिर अहल्या भी कोई साधारण स्त्री नहीं थी। वह कुलपति की पत्नी थी – ऋषि-पत्नी। उसका चरित्र संदेहातीत होना ही चाहिए था। उस दुर्घटना के पश्चात् उसके चरित्र के विषय में लोगों के मन में अनेक संदेह थे ... कम-से-कम वह संदेहातीत नहीं रह गया था ... तब क्या करते सीरध्वज? वे द्वंद्व के जबड़ों में जा फँसे थे। उसी द्वंद्व में न इंद्र का विरोध कर सके, न अहल्या को निर्दोष कह सके। गौतम को उन्होंने हठपूर्वक नए आश्रम का कुलपति बनाया था, शतानंद को बड़े होने पर राजपुरोहित नियुक्त किया था ... किंतु

अहल्या के लिए वे कुछ नहीं कर सके ... द्वंद्व में फँसा आदमी काम करके भी नहीं करता ...

अब वह साहस राम ने किया था।

इतने वर्षों तक विश्वामित्र राम जैसे एक पुरुष को खोजते रहे होंगे ... अहल्या निर्दोष घोषित हुई। सीरध्वज की ग्लानि भी हलकी हुई। बहुत भुलाने पर भी इतने वर्षों में वे उस घटना को भूल नहीं पाए। अहल्या की पीड़ा के लिए अंशतः वे स्वयं को भी अपराधी मानते रहे हैं। पच्चीस वर्षों तक ढोए गए अपराध-बोध से मुक्त होना कितना सुखद है। ...

सहसा सीरध्वज का ध्यान शतानंद की ओर चला गया।

राजपुरोहित की क्या प्रतिक्रिया रही होगी? ... शतानंद ने भी सुना होगा। ... जिस व्यक्ति ने सामाजिक दृष्टि से बहिष्कृत, अप्रतिष्ठित, अपमानित उनकी माता का उद्धार किया है, शतानंद उस व्यक्ति के विषय में क्या सोचते होंगे? ...

सीरध्वज यदि राम और लक्ष्मण के जनकपुर में आने को शुभ मानकर, उनकी ओर मैत्री का हाथ बढ़ाएँ भी – यदि वे मान लें कि दशरथ ने इसी बहाने, प्रकारांतर से उनके साथ मैत्री स्थापित करने का प्रयास किया है, तो उनका मंत्रिमंडल, राजनीति के नाम पर उनका विरोध करेगा या समर्थन? और राजनीति में सबसे अधिक हस्तक्षेप करने वाला ब्राह्मण-समाज क्या कहेगा? परंपराओं को लेकर यह वर्ग बहुत हठी है। राजपुरोहित क्या कहेंगे? ... राजपुरोहित शतानंद! पर शतानंद राम का विरोध कैसे कर सकेंगे? ... नहीं कर सकेंगे – राम ने उनका ऐसा हित किया है, जिससे वे कभी उऋण नहीं हो सकते।

सीरध्वज मुसकरा पड़े – तुम महान् हो, विश्वामित्र! राम को पहले अहल्या के आश्रम में ले गए। राजपुरोहित का हित कर,

पुरोहित वर्ग को तुमने वहीं जीत लिया। अब तुम राजनीतिक विरोध मिटाने आए हो। अद्भुत है तुम्हारी योजना, विश्वामित्र!

... और कैसे हैं ये दोनों राजकुमार? प्राप्त सूचनाओं के अनुसार वय भी अधिक नहीं है। एक नवयुवक है, दूसरा किशोर। और अभी से इतने चामत्कारिक कर्म हैं इनके! क्या यह विश्वामित्र का प्रभाव है? ... पर विश्वामित्र तो प्रेरणा मात्र हैं – कर्म तो राम और लक्ष्मण के ही हैं।

... जो भी हो। सीरध्वज को विश्वामित्र से मिलने जाना होगा; वहाँ जाकर राम और लक्ष्मण के प्रति उदासीन नहीं रहा जा सकता।

30

सम्राट् और राजपुरोहित आम्र-वाटिका की ओर चले।

रथ में बैठे हुए सीरध्वज ने बार-बार राजपुरोहित की ओर देखा। कई बार मन हुआ कि उनसे पूछे कि सारे प्रसंग और विशेषकर राम के विषय में उनका क्या विचार है? पर शतानंद असाधारण रूप से चुप थे। वे अपने विचारों में इस प्रकार उलझे हुए थे कि उनसे उबरकर, सामान्य शिष्टाचार का निर्वाह उनके लिए कठिन हो रहा था।

पूछताछ सीरध्वज को उचित नहीं लगी।

शतानंद मानो किसी अन्य लोक में श्वास ले रहे थे। उन्होंने विश्वामित्र को कई बार देखा था। अपने शैशव से ही देखते चले आ रहे थे; किंतु राम और लक्ष्मण को देखे बिना ही उनके धूमिल चित्र उनके मन में बन गए थे। फिर भी उन्हें देखने की एक उत्सुकता थी – कैसे हैं राम और लक्ष्मण? विशेष रूप से राम ...

राम के कारण ही आज शतानंद का अपमान धुल गया है। अब उनकी माँ को कोई पतिता नहीं कहेगा। राम ने ही उन्हें प्रतिष्ठा दी है, सामाजिक मान्यता और सम्मान दिया है। उनकी माँ, जो वर्षों से अपने आश्रम में बंदिनी थीं शिलावत्, आज इन्हीं राम के कारण अपने पति के आश्रम में चली गई हैं। राम के ऋण से कैसे उऋण होंगे शतानंद? ... राम, सम्राट् सीरध्वज के प्रायः अमित्र दशरथ के पुत्र हैं। किंतु इस असंपर्क उदासीनता को ठीक-ठीक शत्रुता तो नहीं माना जा सकता। ...

फिर दशरथ के पुत्र होकर भी राम ने शतानंद के लिए जो कार्य किया है, वह परम हितैषी होते हुए भी स्वयं सीरध्वज अथवा उनका

कोई मित्र नरेश नहीं कर सका। राम के कार्य का श्रेय तो राम को ही देना पड़ेगा ...

... आज रह-रहकर शतानंद को अपना बचपन याद आता है। आरंभिक बचपन की हलकी-हलकी स्मृतियाँ हैं उन्हें।

नए आश्रम के कुलपति बनकर पिताजी ने इंद्र को शाप दिया था; और उसके पश्चात् वे उस शाप की रक्षा में दत्तचित्त हो गए थे। उनसे कोई ऐसा कार्य न हो जाए कि उन पर कोई अंगुली उठा सके। कुछ ऐसा न हो कि उनके महत्त्व को कम कर, कोई उनके शाप की अवहेलना करने का साहस कर सके। ... शाप देने के बाद, अपनी कुटिया में आकर, पिताजी शतानंद को वक्ष से चिपकाकर कितना रोए थे। उसके पश्चात् भी कितने ही दिनों तक शतानंद ने अपने पिता को बाहर दृढ़ चट्टान के समान कार्य करते और कुटिया के भीतर घुटते, तड़पते और रोते देखा था ... क्रमशः पिताजी अपने आपको ग्रंथों, वार्ताओं, ज्ञान-सम्मेलनों, चिंतन-मनन, समाधि इत्यादि में डुबोते चले गए, जैसे अपने मन की यातना से बचने के लिए कोई आश्रय ढूँढ़ रहे हों ...

शतानंद राम के प्रति गहरी कृतज्ञता का अनुभव कर रहे थे। वे नहीं जानते कि सीरध्वज के मन में क्या था; किंतु इस अवसर पर सीरध्वज और दशरथ में मैत्री स्थापित हो सके तो एक अभूतपूर्व कार्य होगा – एक नए युग का सूत्रपात। और शतानंद को इस युगपुरुष राम को बार-बार देखने का अवसर मिलेगा।

आम्रवाटिका में प्रवेश करते ही पुनर्वसु ने उन्हें सूचना दी कि गुरु उनसे मिलने के लिए प्रस्तुत बैठे हैं।

वह उनकी अगवानी करता हुआ, विश्वामित्र तक ले गया। दोनों ने झुककर गुरु विश्वामित्र का अभिवादन किया, किंतु गुरु स्पष्ट देख रहे थे कि शतानंद तथा सीरध्वज दोनों का ही ध्यान राम में अटका हुआ था।

सीरध्वज ने देखा – असाधारण रूप था दोनों भाइयों का – सुंदर, तेजस्वी, पुष्ट और वीर। उनके शरीर सामान्य राजकुमारों के समान कोमल, भद्दे आकार वाले तथा चर्बी से लदे हुए नहीं थे। उन्होंने विलास में नहीं, परिश्रम तथा शस्त्राभ्यास में आकार ग्रहण किया था। राम का वर्ण साँवला था, बड़ी-बड़ी स्वच्छ, ईमानदार, निर्भीक आँखें, चौड़ा माथा, तीखी नाक, मोहक हँसी से आवेष्टित होंठ, दृढ़ संकल्प वाली ठुड्डी। ऐसे ही तो एक पुरुष की खोज थी सीरध्वज को, अपनी वीर्य-शुल्का पुत्री सीता के लिए। ... पर क्या सीता से विवाह का प्रस्ताव राम मान जाएँगे? ... और फिर अब तो, बीच में, शिव-धनुष-संचालन का प्रतिबंध भी था। ...

"क्या ये ही सम्राट् दशरथ के राजकुमार राम और लक्ष्मण हैं?" सीरध्वज विश्वामित्र की ओर उन्मुख हुए।

"हाँ, राजन्! ये ही दाशरथि राम और लक्ष्मण हैं।"

"इनके आने से पूर्व ही इनके यश की सुगंध जनकपुर पहुँच चुकी है, ऋषिवर!" सीरध्वज अत्यंत नम्र स्वर में बोले, "यदि अपने मन की बात कहूँ तो आपके जनकपुर आने से तो मैं धन्य हुआ ही हूँ; विशेष रूप से राम और लक्ष्मण का जनकपुर में स्वागत करते हुए मैं अपूर्व आनंद का अनुभव कर रहा हूँ। ऋषिवर! इन राजकुमारों के जनकपुर-आगमन को मैं शुभ मानूँ?"

विश्वामित्र ने अपनी मर्यादा की सीमा को लाँघकर, उन्मुक्त अट्टहास किया, "आशंकाओं से पीड़ित और व्यथित न रहो, सीरध्वज! राम नए युग का पुरुष है। पूर्वाग्रहों से मुक्त होओ। राम का आगमन सदा शुभ होता है। क्यों शतानंद?"

शतानंद के चेहरे पर कृतज्ञता, उल्लास और करुणा के भाव पुंजीभूत हो गए। बोले, "ब्रह्मर्षि! मैं क्या कहूँ, मेरी समझ में नहीं आता। मैं तो चमत्कृत हूँ। ऐसा अद्भुत कर्म और ऐसा अद्भुत पुरुष

मैंने पहले कभी नहीं देखा। फिर इनका वय देखकर और भी विस्मित हो जाता हूँ – कुमार वय और ऐसा चमत्कार!"

"राजपुरोहित!" लक्ष्मण बोले, "ऐसे अनेक चमत्कार और होंगे। भैया राम सचमुच अद्भुत हैं। मेरी माँ कहती हैं ..."

"लक्ष्मण! अपना प्रचार-विभाग बंद करो।" राम ने स्नेह-भरे स्वर में डाँटा।

गुरु हँसे, "सौमित्र ठीक कहते हैं। राम सचमुच अद्भुत पुरुष हैं।"

शतानंद विस्मय से राम की ओर देखते रहे; और फिर जैसे अपने-आपसे ही बोले, "सोचता हूँ, माँ को अपने सम्मुख देखकर पिताजी को कैसा लगा होगा? ..."

"ऋषि गौतम खड़े-खड़े देवी अहल्या को देखते रहे।" लक्ष्मण ने बताया, "उनकी आँखें डबडबा आईं। थोड़े-से किंकर्तव्यविमूढ़ हो गए थे शायद। फिर बोले तो भैया राम से बोले, 'राम! आज सचमुच ही राजनीतिक सत्ता पर ऋषि-सत्ता की विजय हुई। एक ऋषि ने इंद्र को शाप देकर भी अपनी पत्नी को निष्कलंक वापस प्राप्त किया है। राघव! यदि तुम्हारा जन्म कुछ पहले हुआ होता तो ऋषियों को इतना तपना नहीं पड़ता।'"

"राम की प्रशंसा का एक-एक शब्द लक्ष्मण को स्मरण रहता है।" गुरु मुसकराए, "और प्रशंसा का अवसर वे किसी और को देना नहीं चाहते।"

"लक्ष्मण अपना जीवन सार्थक कर रहे हैं।" शतानंद के मुख से उच्छ्वास निकल गया।

•••

नरेन्द्र कोहली जहाँ उच्च कोटि के उपन्यासकार, नाटककार और व्यंग्यकार हैं, वहीं उत्कृष्ट कहानीकार भी हैं। उनके लगभग दस कहानी-संग्रह प्रकाशित हो चुके हैं, जिन्होंने न सिर्फ हिंदी कथा-साहित्य को समृद्ध किया, बल्कि अपनी तरह के सर्वथा अलग कथाकार के रूप में उनकी पहचान बनाई।

इस संकलन में भी उन्होंने घर-परिवार और समाज में लोगों के बनते-बिगड़ते आपसी संबंधों की इंद्रधनुषी छटा बिखेरी है। *अपने-पराए* कहानी में जहाँ रोहित को अपने भी पराए प्रतीत होते हैं, वहीं छवि कहानी में सच के साथ खड़े होने वाले संदीप को परिवार द्वारा अपने को झगड़ालू समझने पर आश्चर्य होता है। *प्रतीक्षा* कहानी में सुनीता का सुहास के लिए इंतज़ार अंतहीन बनकर रह जाता है, तो *रोज़ सवेरे* कहानी लाला जी और उनकी पत्नी की हर सुबह अपनी बहू के तानों-उलाहनों के साथ शुरू होने की मार्मिक कथा है, जो ठीक तरह से उन्हें खाना भी नहीं देती और भगवान से शिकायत किया करती है कि वह उन्हें जल्दी उठाता क्यों नहीं? *इंद्रधनुष* प्रौढ़ावस्था में युवावस्था के प्रेम की स्मृति से दिल में उग जाने वाले इंद्रधनुष की रोमांटिक कहानी है।

छोटी-बड़ी सतरह कहानियों के इस संकलन में ज़िदगी के इंद्रधनुष के सभी रंग विद्यमान हैं।

₹ 250